中野信子
ヤマザキマリ

生贄探し

暴走する脳

講談社+α新書

はじめに

中野信子

多様性、というのはよく耳にするキラーフレーズです。

多様性を維持すべきだ、多様性を守るために、多様性の観点から……などなど。多様性、という単語を入れておきさえすれば、たいていのことは許されてしまいそうなほどの勢いで使われているようにさえ思われます。

しかし、これの何がそんなに大事なのか、多くの人には実感がないのではないかなと思います。そうでなければ、異なる内面、異質な外見を持った者を、これほどまでに執拗に排除しようと何年も忘れずに叩き続ける、なんていうことは起こらないはずだからです。

体内に取り込まれた異物を排泄するがごとく、集団は異質な者をどうにかして排除しようと足掻く。体中の免疫系の細胞を総動員するようにして、この異物を攻撃します。

私には、ヒトの集団が、あたかもひとつの巨大な生き物のように見えています。この巨大な生き物は、コントロールセンターとしての唯一の脳を持っていません。しかし、散在する多くの脳の生み出す意思が、ある重みづけをもって合成され、ひとつの社会的合意となって、全体を動かしています。

この〝巨大生物〟は、散在《さんざい》神経系を持っている生物にたとえれば、クラゲとかプラナリアみたいな感じでしょうか。切ってもそこから肉体が再生して完全なかたちに戻ったり、異質な一部を除いても生きられたりします。ヒトの集団は、たしかに、異質な一部など貪食してしまっても、すぐに再生して元通りになるのです。はじめっからそんな異物なんて存在しなかったかのように。

よくできた仕組みです。これなら、環境に対してより適応的であることが叶うし、全体として長い時間を生き延びることができる。事実、われわれ人類は、他のすべての近縁種が滅びてもなお、何万年もずっと生き延び続け、あまつさえ、個体数を増やし続けています。地球環境をドラスティックに変化させ、人新世という言葉が生み出されるにいたるまで、他の生物を傍若無人に踏み台にしながら、ここまで来たのです。自分たちこそが万物の霊長であると自己暗示的に言及し、地球にやさしい、という矛盾に満ちた言葉を使いながらも激しい同士討ちをして。

実に不思議です。個体ひとりひとりの考え方を聞けば、さほど良識がないとも思えないのに、集団になるとそれだけで凶暴になる。誰のコントロールも受けつけない。問答無用で異物を排除しようと、いつも生贄を探している。

まるで、生贄がいないと生き延びていけない、とでも言っているかのようです。

この異物を排除しようとする現象は、どうも、社会不安が高まるときに強くなるようでもあります。パンデミックをはじめ、地震などの自然災害の起きるとき、必ず、移民や、特別な仕事に従事する人や、一般的ではない振る舞いをする人が、この現象の犠牲になってきました。ヒトの集団にとっては、炎症が起きたり、アレルギーが起きたりするのと似たような現象なのかもしれません。

あるひとりの人が、どんな理由であったにせよ、多くの群衆の攻撃の対象になっているのを見るたびに、21世紀になった今もなお、ヒトの本質は変わることはないのだと、ぞっとするような思いがします。

一方で、私たちは、ひとりひとり別々の個体が別々の遺伝子セットを持ち、各々の生きた環境から得られた情報を半分ずつ交換して、手間暇かけてわざわざ有性生殖なんていうしち面倒くさいことをやってまで、多様性を維持しようともしています。

異物をあとで排除しなければならないのなら、最初から分裂するなりの方法で、単為生殖で完全なクローン体としてコピーを作る生殖形態をとればいいはずなのですが、私たちはそれをする種としては進化してきていないのです。

さらに言えば、わざわざ別々の脳を各個体に持たせ、言語情報を操ることによって、遺伝子以外にも情報を複層的に交換できるようにしてもいます。

進化の方向性としては、多様であることを支持するように進化してきているはずなのです。それなのに、貴重なはずの「異質な情報」「異質な思考」が、生贄として、社会という仮想的な巨大生物を維持するために、消費されてしまう。

社会は確かに維持すべきものでしょう。が、それを構成する一部となっている異質なものもまた、長い時間を生き延びるためには必要不可欠なものです。私たちはどうバランスをとればいいのか。パンデミックは、思考の平衡点がシフトする興味深い時期でもあります。厳しい状況のさなかにあってこそ、答えがもう少しクリアに見えてくるのではないかとも思います。

ヤマザキマリさんは、情報を広く求め、複層的に思考することのできる、温かい知性の持ち主です。彼女とＬＩＮＥでやり取りする中で、これは残しておきたいね、と語らい、今回の出版につながりました。このパンデミックが後世、歴史的に何と呼ばれることになるかはわかりませんが、仮に「２０２０年のパンデミック」とするなら、せめて次世代には、教訓を残さなければと思っています。

危機的な状況が起これば、少しでもはみ出した者から、生贄に捧げられてしまうのだよと。

ヒトは放っておけばそういうことをしてしまう生き物なのだと。

だからこそ、知性でそれを押しとどめる必要があるのだということを。

生贄探し　暴走する脳／目次

第5章　想像してみてほしい　ヤマザキマリ

第1章　なぜ人は他人の目が怖いのか　中野信子

「魔女狩り」に見る人間心理の闇

なぜドイツが最も熾烈を極めたのか

自らを「正義」と思い込んでしまうと、人間は、どんなに残虐なことでも心の痛みをあまり感じることなくやれるようになってしまいます。

この現象は、社会が危機感に覆われ、人々が不安にさらされるほど強まってしまうようです。2020年は、この現象について大小含めて立て続けに、思い知らされるようなニュースが相次ぎました。この年ほどリアルに、苦い思いとともに、この現象が身近に感じられたことは、近年なかったのではないかと思います。

もちろん、歴史的にはもっと残酷なかたちでこの心理が顕在化した時期もありました。いわゆる「魔女狩り」です。

この集団的な熱狂の中に潜む人間心理の闇とは一体どのようなものなのでしょうか。ここで一度整理して、記しておきたいと思いました。

今でこそ脳科学は科学の範疇内の学問として扱われているけれども、その当時、今でいう脳科学の内容を説いている人物（それも女）がいたとしたら、もしかしたら人々の穏やかで幸せな日常を壊しかねない「魔女」の扱いをされてしまうのではないでしょうか。いや、こんなに科学技術の発達した現代ですら、私もいつ、「魔女狩り」に遭うかわからないのです。人間は、科学が発達してきたのと同じようには、自分たちの脳そのものを発達させることはできませんでした。脳は数百年前に、魔女狩りが数多の人々を血祭りにあげた時代からほとんど変化していないのです。

魔女狩りが猛威を振るったのは16世紀から17世紀にかけてのことです。被害者の数はおよそ5万人と言われます。魔女狩りが最も熾烈を極めた国は、ドイツでした。総被害者数の半分に当たる、およそ2万5０００人もの犠牲者が出たといいます。

ドイツのロマンチック街道沿いに、ローテンブルクという小さな都市があります。中世ヨーロッパの雰囲気がそのまま残る美しい街並みが魅力の都市です。この都市に、中世犯罪博物館というミュージアムがあります。ここには、中世を中心に、ドイツの「犯罪」にかかわるありとあらゆる道具や資料がおよそ5万点保管されています。

ローテンブルクの中世犯罪博物館は、世界最大規模の法制史博物館です。その地下には魔女裁判で使われてきた拷問器具が収蔵されています。

たとえば尋問机。これは拷問の第1段階に使用されるもので、親指締めがついています。

片方の親指あるいは両方の親指を器具の下に入れ、爪と爪のあいだから血が出てくるまで締めるというもの。また、吊るし責めの器具というのもあります。両手を後ろ手に縛ったうえ、重石を足に結びつけ、腕が脱臼するまで吊り上げるのです。そして極めつけは「針の椅子」。座ると体の重みでとげが刺さり、激痛を被疑者にもたらします。ほとんどの人がこの痛みには耐えられなかったといいます。

このようにして魔女の疑いをかけられた人々は、魔女であることを自白するまで厳しい拷問を受け続けました。当時の刑事訴訟法においては拷問の適用が認められていたのです。盗み、殺人など他の犯罪の場合は実在する証拠によって罪を立証することができますが、魔女の行うという術による罪では、立証することは不可能です。それゆえ拷問は魔女裁判における中心的位置を占めるようになったのです。自白によってのみ、この犯罪を〝証明〟することができたからです。

嫌疑を受けて捕えられると、まず、魔女の毛には魔力が備わっているとして、頭髪はもちろん、全身の毛が剃られたといいます。さらに体中を調べられ、悪魔のしるしがないかを探されます。このとき、悪魔との契約のしるしとされたのは、ほくろやシミ。そして、悪魔との契約でできたほくろは針で刺しても痛みがないとされました。もし針を刺した位置がたまたま痛点を外れていて悲鳴を上げなかったり、取り調べで弱っていて反応がなかったりすれば、ただちに「魔女」と断定されたのです。

そもそも、なぜ魔女狩りは広まったのでしょうか？

魔女裁判には地域差があり、魔女裁判がまったくなかった地域や魔女の無罪率が非常に高い地域もありました。一方で前述のとおり、突出して魔女狩りの被害が多かったのがドイツです。これは、当時のドイツが、300もの領邦に分かれていて領主の力が弱く、コントロールが利かなかったためであると考えられています。感情的になってしまった群衆の歪んだ熱量が、裁判の結果に反映されやすかったということになるでしょうか。

この時代に過激化したカトリック教会の異端審問の嵐も、魔女狩りを加速させました。

当時は、カトリック教会の頂点である教皇が、皇帝よりも大きな権力を握っていました。つまり、教皇が説教した内容こそがキリスト教の守るべき教義であったという側面があったのです。ところがその中で、自分たちなりに聖書を解釈し、教皇の許可を得ずに民衆に広める人たちが現れたのです。たとえば、清貧で禁欲的な暮らしを追求するワルド派や現世の物質文明を否定するカタリ派などです。

当時の教皇グレゴリウス9世のもと、異端排斥の急先鋒となったのがドミニコ会でした。

武闘派として知られるカトリック原理主義者の集団で、メンバーは教皇から次々と異端審問官に任命されました。異端審問官とは、異端者をあぶり出し、裁判にかける人間のことです。異端審問での最高刑は死刑でした。

このとき、カトリックの正統な教義ではないものを信じる異端者は、悪魔崇拝者であるとされました。そして次第に、悪魔と契約する「魔女」とキリスト教における「異端」は同じ罪を犯した者として裁かれるようになっていったのです。

知識人層にまで広まった〝災いの書〟

魔女裁判を語るうえで、外してはならない重要な人物がいます。ドミニコ会の異端審問官であった、ハインリッヒ・クラマーです。彼は、15世紀の終盤ごろ、教皇からの全権委任を受けて異端審問活動を続けていました。ところが、現在はオーストリア領になっている都市インスブルックで、あろうことかクラマーは地元の弁護士たちから「不適切な異端審問を行った」として逮捕されてしまいます。一方、彼の取り調べのもと、魔女とされた女性たちは、証拠なしとして無罪となりました。

インスブルックでの敗訴の後、口惜しさもあったのでしょうか、クラマーは、魔女として告発した女性にしつこくつきまとい、その土地の司教から警告を受けるほどだったそうです。教皇からの全権委任を受けた人物が司教から警告されるというのはよほどのこと。それほど、クラマーの屈辱感と怒り、そして、何としても「悪」を許してはならないという強烈な正義感が燃え盛っていたのでしょう。

クラマーは、自身のごく個人的な怨恨と、正義とをすり替えたのです。魔女を根絶するのが自らの使命であると錯覚し、行動も思考も苛烈さを増していきました。異端審問での敗北という汚名をそそぎ、魔女たちをこの世から一掃しなければならない。

そして、一冊の本を書きあげるのです。そのタイトルは、『魔女への鉄槌』。この本こそ、残虐な行為に正当性を持たせるために使われてしまった〝災いの書〟でした。一言で言うと、魔女裁判のマニュアル書です。魔女と認定するには、うわさ話さえあればよく、さらに拷問による自白も推奨され、魔女は同情の余地なく処刑すべしといったことが列挙されています。

また、『魔女への鉄槌』には、教皇教書と呼ばれる信徒への公式な書簡が載せられていました。「この上なき熱意でもって願いつつ」というタイトルの文書です。実はその文書は、この本が刊行されるかなり前に、教皇からクラマーたちが魔女根絶の全権委任を受けたときのものでした。が、クラマーはそれを許可なく掲載したのです。つまり、この本に対し、教皇がお墨つきを与えたかのように見せたのです。現代の書籍で言えば、許可なく著名な人の言葉を帯に無断使用して、著書に箔をつけようとするようなものでしょうか。

教皇教書を勝手に載せたばかりか、さらにクラマーはより強い権威づけのため、実際には執筆していない当時の有名人であったケルン大学のシュプレンゲル教授を、共著者としてクレジットしたのです。ここまでくるともうほとんど詐欺ですが、この名により、権威を得たこの本は知識階層に浸透していきました。さらに悪いことには、グーテンベルクによる活版印刷の発明もクラマーの本の売れ行きを後押しする結果となりました。民衆のあいだで広がっていた魔女裁判に、知識層が理解を示してしまい、より燃え広がる素地をこの本が作ったのです。

16世紀から17世紀にかけて、『魔女への鉄槌』は、当時としては破格の数字である3万部を売り上げたといいます。そのころの人口と識字率から考えれば、これは驚くべき数字です。この本を読めたのは知識人層のみです。

当然、クラマーの魔女狩りの狂信的な論理に反対し、理性的に批判する本も出ました。しかしこれが仇となります。わかりやすくするため、批判本の中には見た目でわかるよう挿絵が入れられました。批判本につけられた挿絵により、逆に視覚的な怖さが伝わりやすくなり、魔女の恐怖と魔女狩りが文字の読めない層にまで浸透してしまう結果となったのです。

魔女狩りが激化したもうひとつの原因は、17世紀に見られた小氷期と言われます。寒冷な時期に入り、農産物の生産量は激減。民衆は塗炭の苦しみを味わい、そのはけ口になったのが　魔女狩りでした。

「神の不平等」を認めるわけにはいかない教会も、体制を守るために仕方なく民衆が行う「魔女狩り」を認めたようです。不作などに直接打撃を受けやすい地域で魔女狩りが苛烈を極めたということが、これを間接的に裏づけているようにみえます。一方、不作や異常気象に比較的左右されにくい大都市では、魔女狩りのような行為はあまり見られなかったようです。

村々では隣人たちがたがいに疑心暗鬼に陥りました。何かのきっかけで、魔女の疑いをかけられ、取り調べを受けることになるともう逃げようもない。狡猾な尋問が行われました。

社会不安に対する生贄として、「魔女とされた無実の人々」は民衆自身によって裁判にかけられ、殺されていったのです。病気、不慮の事故も「神の罰」ではなく、もちろん自然の理でもなく、魔女の仕業だと見なされたのです。魔女を裁かなければ、神の怒りを買ってしまう。魔女を野放しにすると、みんなが罰を受けてしまう。終わりが近い、などと強く感じさせられるような世相にあって、終わりが本当に来たときに自分が救われるには魔女を裁かなければならないと多くの人が恐慌を来したこともあったでしょう。魔女を裁くことが神の意志に沿うことであると多くの人が信じたのです。

当時の裁判官は、当地の行政の責任者が兼ねていることが多く、法学の訓練を受けている人とは限りませんでした。裁判官は神の庇護によって守られており、特別な知識も訓練も必要なく、悪魔の嘘を見破ることができるものだと考えられていたのも、魔女として嫌疑を受けてしまった者の逃げ場のなさに拍車をかけました。

集団にとって悪い個体を排除する仕組み

くり返しになってしまいますが、人間は、自身が正義を行っていると信じているときには、どこまでも残虐になれるものです。もし、そこに権威の存在があれば、なおさらです。あまりにも有名な、「アイヒマン実験（ミルグラム実験）」では、被験者を教師役にして、生徒役の人間が答えを間違うたびに電流を流すよう求めます。さらに、間違いのたびに電圧を上げていくよう、伝えます。この実験では正義感が強い人が被験者になるほど命令に従い、電圧を上げ続けたといいます。つまり、目の前の人よりも正義のほうが重い人は残虐になりやすいということになるでしょうか。

魔女狩りの場合、キリスト教により「魔女を殺すのが正義」となかば認められたことで、民衆は「悪」である魔女を無理やりにでも見つけ出し、自分が救われるためには、自身を正義の側に置いて魔女を容赦なく攻撃すればよい、という認知が生じたとも考えられます。

集団にとって都合の悪い個体を見つけ出し排除する仕組みが人間には備わっています。けれど、これを過激化させないのもまた人間の知恵です。

他人が失敗したり、不幸に陥ったりしたときに、思わず湧き上がってしまう喜びの感情を残念ながら人間は持っています。これをドイツ語由来の学術用語でシャーデンフロイデといいます。「シャーデン（損害）」＋「フロイデ（喜び）」で、他人の損害を喜ぶ感情のことを指すのです。一昔前のネットスラングに「メシウマ（「他人の不幸で今日も飯がうまい」の略）」という言葉がありましたが、その感情にも通じるものです。

シャーデンフロイデが集団内で発生したとき、異質な他人を排除する方向に動きます。同調圧力が働き、「異質」な人々を魔女として排除した、当時の「普通」の人々の精神状態が見えてくるようでもあります。

さて、魔女狩りはいかにして終息したのでしょうか？　最初に声を上げたのは、自ら「魔女狩り」に加担し、それを悔いた人たちでした。イエズス会の司祭シュペーは、自らも、司祭として魔女狩りの犠牲者を火刑台に送っていました。しかし、自らの行為を悔い、このように告白しています。

「私はここに厳かに宣言するが、自分がこれまで火刑台まで付き添ったあまたの人々のうち、有罪を宣告されて当然という人はひとりもいなかった。そして他にふたりの牧師も私に同じことを告白した。教会の上層部、裁判官たち、この私をあれらの不幸な人々と同様に取り扱ってみるがいい。われわれにそれと同じ拷問を受けさせてみるがいい。必ずやあなたはわれわれ全員に魔法使いという判決を下すであろう」

ドイツ系のオランダ人牧師バルタザル・ベッカーは、やはり1600年代、『魔術にかけられた世界』という著作を発表し、そこでは魔女は不必要な憶測でしかなく、魔女は存在しないとしました。この本は2ヵ月のあいだに4000部が売り切れ、魔女狩りを否定する人を徐々に増やしていったのです。また、ドイツのハレ大学教授、トマジウスは自らが魔女裁判でひとりの女性に死刑を宣告した過ちを悔やみ、自分のすべてを魔女狩りの廃止にささげることを決意しました。そもそも魔女を生み出すとされる悪魔が存在しないと説き、存在しないものと契約を交わすことは不可能であると「悪魔との契約」という、魔女狩りの根本となる概念そのものを否定したのです。

こうして、知識層の改悛により、魔女という迷信を否定する合理的思考が広がり始め、ヨーロッパ各地で国王や指導者たちによって、「魔女狩り禁止令」や魔女裁判の禁止が宣言されていきます。そして、魔女狩りを行った人間に対し厳しい罰が下される流れができ始めると、憑き物が落ちたかのように、ヨーロッパから魔女狩り旋風が消えていきました。

とはいえ魔女裁判が終息したのは、いわゆるエリート層の意識が変わったからで、民衆からの告発が減ったわけではありませんでした。民衆は依然として、異質なものを排除し続け、告発を続けていたのです。ただ、それが裁判として受理されなくなっただけのことで、依然として私たちの中には火種がくすぶり続けています。

ヨーロッパにおける魔女裁判の嵐が過ぎ去ったあとも、アメリカ東部におけるセイラム魔女裁判や、21世紀の現代でも、局所的に自然発生するかたちで、なお魔女狩りのような行為は行われ続けています。日本も例外とは言えないかもしれません。

人が集団で存在し、誰かが統制できない状況が続くと、些細なきっかけで魔女狩りは起きてしまいます。何の落ち度もない人に対し、あの手この手で罪状をあげ、相手が叩き潰されるまで終わることのない魔女狩りの闇。誰しも例外ではないでしょう。いつあなたが対象になってもおかしくはないし、あなたの心の中にも誰かを陥れずにはいられない正義中毒の芽があるのです。

魔女狩りを引き起こしていたのは、教会でも政府でも知識人でもなく、民衆です。人間の脳は他人に「正義」の制裁を加えることに喜びを感じるようにできています。人々が歪んだ正義にとらわれて、生贄探しを始め、制裁の快感に飲み込まれて我を忘れてしまう前に、少しでも注意を喚起できればと思っています。

幸せそうな人を見ると、なぜモヤッとするの？

こんな人はいないでしょうか。

自分が苦しい状況の中、必死で頑張っているのに、ラクして得している人を見ると、どうも、モヤッとしてしまう。リアルな知り合いではなくても、メディアでそんな人を見るだけで、イラついて仕方ない。

なぜあいつだけいい思いをしているんだ。腑に落ちない。腑に落ちないどころか、死ねばいいのにとすら思う。目につくところに、ダラダラと働かずに遊んですごしている人がいるというだけで、ムカつく気持ちがおさえられない。

コロナ禍を経て、こういうささくれだった気持ちになる人が、どうも身の回りに増えてきた印象があります。

みなさんの周りでは、どうでしょうか。

ただ、こんなふうに問いかけられることで、あまり萎縮しないでほしいとも思います。こうした一見ネガティブな心の働きも、ごく自然で健康な、生物としての人間の機能のひとつではあるのです。正常な心の動きをことさらに無視して、自分はそんなことはかけらも思ったことはない、などと、きれいごとで糊塗してしまう必要はまったくありません。

とはいえ、自分が誰かに対してイラついたりモヤッとしたりという気持ちを持てば、同じ状況になったとき、自分もそう思われてしまうのではないかと、心配になってしまうのもまた人間の性《さが》でしょう。

そして、ムカつき、苛立ちを感じる相手は、何も遠くにいるとは限りません。

結婚相手、家族、親しい友人などなど……に対して、そんな気持ちになることのほうがむしろ多いかもしれないのです。たとえばこんな状況が考えられます。

自分は仕事が溜まっているのをそっちのけにして家事を必死で片づけているのに、夫はスマホを一日中いじって、何も家のことをやろうとしない。同じだけ稼いでいるのに、この不平等は何。それどころか、どうも若い女の子とやり取りしているようだ……これでイラッとしない女性はいないでしょう。もしかしたら病気ではないかとさえ疑われます。あるいはもはや夫のことを人間だとは思っておらず、対等に扱う努力はとっくの昔に放棄され、その存在はいずれ出さなければならない粗大ゴミとニアリーイコールである、と認識しているのかもしれません。

むしろ近くにいる存在のほうが、不公平感や、不条理性や、不平等な関係を意識させる可能性が高いと言えます。近くにいたいな、とかつて思ったこともあったような相手であっても、ネガティブな気持ちが煽られてしまいます。

人間の脳というのは、基本的には人間同士を近くにいさせたがるように作られています。そのことで助け合いをしやすくする、つまり互恵関係を築きやすいように仕向けられているのですが、一方で、近づきすぎると今度は傷つけ合うようにもセットされています。そういうジレンマが人間には内包されています。

複雑で、やっかいな仕組み。なぜ、私たちはこんなややこしい脳を持っているのでしょうか。もっと脳が単純にできていればいいのですが、これは、複雑に変化する環境に適応するために、相反するような思考や価値判断の基準を、同時にいくつも持つことができるよう、脳を大きくしてきたからこそのややこしさなのです。人間が70億を超えるほど個体数を増やし、世界中に住み着いて、繁栄しているのは、このややこしさのおかげでもあります。人間だけが持っている特徴であり、いわば、人間が生き延びるための武器でもあったのです。

脳は、誰かと比べないと幸せを感じられない

誰かが得をしているとモヤッとするのは、人間が、何かと比較しないと幸福を感じられないというちょっと残念な脳の性質のためでもあります。

比較せずにはいられないなら、他人と比較するのでなく、過去の自分と比べてみよう……よく聞く励ましの言葉ですね。私も、「誰かと比べてしまう自分を何とかするにはどうすれば？」と聞かれたら一応は、ややためらいを覚えながらもそう答えると思います。けれど、他人でなく過去の自分と比べるなんて、本当に毎日毎日自然なかたちでできる人がどれくら

いいるでしょう？　頑張らなければできないこと、というのは、頑張れなくなったらできないことです。つまり、長い年月継続するのはほぼ不可能なことなのです。

過去の自分と比べて、というこのアドバイスがもし誰にとっても簡単にできる、有効な助言であるのなら、とっくの昔に、誰かの幸福を見て不公平感を覚えたり、誰かの失敗を見て心ひそかにほくそえんでしまったりする人は、歴史のはるか彼方に絶滅し去っているはずでしょう。

そもそも現在と過去を比べられるほど、人間の記憶力はよくはありません。自分が何を食べたのかさえ、1日前、1週間前くらいならば覚えているかもしれませんが、1年前、3年前、となったら、克明に記録しておきでもしない限り思い出せる人はほとんどいないのではないでしょうか。むしろ、思い出せる人はやや病的なところのある人ではないかとすら思われてしまうかもしれません。

つまり、私たちはそれほど自分自身の基準を持てない、悲しい生き物でもあるということです。けっしてあなたの性格が悪いわけではなく、人間というのは誰かと自分を比較してしまうものであり、自分の基準よりも他者との比較を優先しやすいものなのです。そうした傾向を持ってしまう裏側には、そうであることが必要な理由が必ずあるのです。

ところで、自分の年収が増えていくと、ある程度のところまでは幸福度が上がっていくが、そこから先は頭打ちになってしまうという傾向が知られています。これは年収約８００万円であるという研究と、約１５００万円であるとする研究があるのですが、重要な点はなぜ頭打ちになってしまうのかというところです。約８００万円というのはアメリカ社会を対象とした研究ですから、日本社会を対象としたデータである、約１５００万円という数字をわれわれの感覚の基準としては参照したほうがよいかもしれません。

平成30年分の国税庁による給与階級別給与所得者数・構成比を参照すると、年収８００万円超の層は総給与所得者数のうち10パーセント未満であり、１５００万円以上となると、１・５パーセントに届かないような割合です。

この層に入ってくると、年収を比べようにも、平均的な集団の中では、比べる相手を探すのにも一苦労です。しばらくは、多くの人と比べて自分は経済的に恵まれている、と幸福感を得ることができても、ある程度の期間が経つと、参照する基準がありませんから次第に幸福感が感じられにくくなってきます。

自分はこれで本当にいいのか。今はいいかもしれないけれどもこの先、ちゃんとやっていけるのか。もしかしたら過大評価されているのではないのか。もしくはリップサービス。社会が変わっていったときに大丈夫なのか。

誰とも比べることができず、自信が持てない人は案外、高収入の人にも多いのです。自信なんて持ってしまったら、むしろ自分は終わるんじゃないか。

さらに言えば、年収が変化すると、つきあう相手も変わってきます。すると、またその層の中での競争と、比較が始まります。自分でない誰かが出世したり、収入が増えたりすることで不幸を感じてしまう地獄は、収入が増えたところで終わるものではありません。そのことに気づいてしまったとき、果てしない絶望を感じるのか、それとも達観して、淡々と自分のすべきことをしよう、と開き直ることができるのか。誰もが羨む立場になったときこそ、自分が試される瞬間がやってくるとも言えます。

なぜ、「他人の不幸」は蜜の味なのか

さて、「他人の不幸」は蜜の味、などと言いますが、反対に「他人が幸せになったとき」はどんなふうに言えばいいでしょうか。他人の幸福は反吐の味、とでも言えば、当たらずといえども遠からず、といったところでしょうか。

誰かの不幸を願う……。そこまではいかずとも、人間は「誰かと一緒に幸せになる」ということを、苦手とする不思議な脳を持ってしまっています。それは、ただただ悲しいことかもしれません。こういった脳の性質は、克服できるものなのでしょうか。克服できないまでも、うまく活用していくことができるものなのでしょうか。ここで、考えてみたいと思います。

同僚の収入が増えると、自分の収入が同じ額だけなくなったように感じて、ネガティブな感情を味わう、という研究についてもう少し掘り下げてみましょう。

自分は一円たりとも損をしていないはずなのに、誰かが得をしていることを知ると、なんだか自分が実際に損をしたような認知が生じてしまう、というものです。

コロナ禍では、Ｇｏ Ｔｏ トラベルやＧｏ Ｔｏ イートなど、事業者をなんとか救済しようとさまざまな施策がとられました。一方で、これらの動きに対して、不満の声も聞かれました。恩恵を得るのは、飲食店や旅行業者など、国民全体ではなくある業種に限られているということから、利権政治ではないかとこれに反発した人たちです。

国民全体が得をすること自体に異を唱える人はいないでしょう。

けれど、自分は恩恵を得られないのに、誰かが得をしているのは許せない、と感じる人が相当数、存在したのです。今回のコロナ禍においてそのことが見える化されてしまったな、と私には感じられました。

ただ、こうした構図は、今はじめて明るみに出たわけではなく、歴史的にくり返されてきた流れではあります。誰かが公的な援助を受けて立ち直った、誰かが富裕な人の助けを受け得をしている、そうした報道を見て、イライラしている自分が心の中にいることに気がついた人もいるかもしれない。そんな自分に軽くショックを受ける人ももしかしたらいるかもしれません。

人はどうして、こういう状況のもとでイライラしてしまうのでしょうか。これまでに説明してきたことのおさらいになりますが、これは、

「誰かが10万円もらえた、ということを、自分の脳は10万円損したように感じている」

からです。

もちろん、経済が回らなければ、国民全体が疲弊し、回りまわって苦しむのは私もみなさんもひっくるめた国民自身です。であるにもかかわらず、特定の誰かが得をするように見える、と、それは「救済」ではなく「損をさせられたという気持ちをバラまく行為」になって

しまうのです。

Go To トラベルやGo To イート、Go To イベントなどのニュースが流れるたびに、自分が救済されない側であり、損をさせられている、という気持ちを煽られてしまうというわけです。

コロナ禍で大変だね、少しでも援助があってよかったね、頑張って、という気持ちになることができればよいのですが、毎日のように自分が損をしている気分になる情報をバラまかれて、なぜあいつらだけ得をするのだ、という気持ちを抑えられず、得をしている人を責めずにはいられなくなってしまう人が大半ではないでしょうか。そして、得をさせている人を責める気持ちも同時に、高まってしまう。これでは本当に誰も得をしないし、心が折れてしまう人も多いのではないかと思います。

救済する側も苦しいところでしょう。民衆に元気を配っているつもりのことでも、責められてしまう。一方、責めるほうは、あなた方は、救済措置の対象外です、と日々告知されているようなものです。残念ながら、人々の目には、配られているものは「絶望」と映ってしまっている可能性が高いのです。自分は対象にはならないうえに、どこにも助けを求めることができないと。この問題に対処するには、工夫が必要です。よかれと思ってやったことが、想定外のヘイトを集めてしまうことになりかねません。

残酷な現実を前にしたとき、薄っぺらい夢や安っぽい希望を語ることは、無駄どころか逆効果です。

人々が求めているものは、ごくシンプルな幸せです。人々が満足するのは、自分も得をした、と実感できる何かを得られたときです。そのときようやく、人々は他人を攻撃することをやめ、穏やかな心で誰かの不幸をともに嘆き、誰かの幸せを心から喜ぶことができるのです。

世界でもいじわる行動が突出している日本人

「日本人は親切だ」「日本人は礼儀正しい」「日本人は真面目だ」「日本人は協調性がある」というお決まりの褒め言葉があります。

確かにそのとおりでしょう。でも、日本人として日本に長く暮らしていると、手放しで喜んでよいものなのかどうか、一抹の不安もよぎります。これは一面的な見方であって、本当に美しい心からそういう振る舞いがなされているのだろうか。そんなきれいごとで説明できるような国民性であったら、あっという間に悪意を持った他者／他国の餌食にされてしまうのでは？

コーネル大学のベス・A・リビングストン、ノートルダム大学のティモシー・A・ジャッジ、ウェスタンオンタリオ大学のチャーリス・ハーストが行った研究によれば、協調性の高さと収入のレベルは反比例するといいます。誤解を恐れずに言えば、いい人は搾取されてしまうということです。

冷静に考えれば、親切で礼儀正しいのは、相手に対して無礼に振る舞ったことが広まって誹謗されることによる不利益を被るリスクを抑えるためであったり、真面目なのは誰かから後ろ指をさされて村八分にならないための自衛行為であったりもします。協調性があるというのも、そうしなければ本当に困ったときに誰も助けてくれないかもしれないからという理由が隠れていたりもします。

表向き、整った姿が見えているだけで、その裏には見なかったことにしなければならない闇の部分が口を開けている……。そんな闇があるからこそ、地理条件が偶然に助けているばかりではなく、日本人は自身の力で独立性を保っていられるのだとも言えます。きれいに整った穏やかな笑顔の下に、適切な量だけ毒々しさを隠し持っている日本の共同体の姿を、多くの人は、私などよりもずっと、経験的に知っているはずだと思います。

そんな日本社会の中で、生きづらさや息苦しさを感じたり、なぜ合理的な仕組みを築くことができないのかと憤慨したりする人も多いでしょうが、根本的には日本人のこうした逆説的な良い意味での「悪い」性格が原因となっているとも言えます。


残念ながら（?）、日本人は他国よりも顕著に「スパイト行動」をしてしまうという結果が報告されたわけですが、このスパイト行動とは、相手の得を許さない、という振る舞いのことです。もっと言えば、「自分が損してでも他人をおとしめたいという嫌がらせ行動」とでも言えばよいでしょうか。


大阪大学社会経済研究所の実験をご紹介します。

実験としては、おたがいにお金を出資して公共財（道路）を造ろうというゲームをしてもらいます。プレイヤー同士がおたがいにどんな行動をとるかによって自分の損得が決まるというルールで、心理的な駆け引きが見えてくるようになっています。

この実験によれば日本人は「スパイト行動」、つまり「自分が損してでも他人をおとしめたいという嫌がらせ行動」が顕著であったというのです。日本人は他人が利益を得ようとして自分を出し抜くことを嫌います。いわゆる「フリーライダー」を許さないのです。タダ乗りする奴を許してはならない、なぜなら許せば社会の損失となるからだ――そうした内的な動機づけが行われて、自分が損をしてでも他人の足を引っ張ろうとするのです。そして、この傾向は世界のほかの国の人々には見られなかったというのです。

なぜ、日本でだけこの現象が見られるのでしょうか。日本人が、人の足を引っ張る行動をとる背景には、何があるのでしょうか。

「出る杭は打たれる」という諺がありますが、これは非常に日本的な発想であると言えます。海外ではそれに該当する諺がないようです。

一方で、日本人の社会的振る舞いは、たいへん節度のあるものであり、控えめで美しいと、海外から称賛されることもしばしばです。親切さ、礼儀正しさ、真面目さ、協調性など、われわれ自身も誇らしく思えるものでもあります。しかし、これらは一見、美しく見えますが、本質的なところはどうでしょうか。

もし、これらの性質が、実際はスパイト行動で自分が怖い目に遭わないための同調圧力に起因するものだとしたら。

『空気を読む脳』（講談社＋α新書）で詳述しましたが、日本特有のこういった風潮の成り立ちについては、遺伝的な要素も絡む、一定の生理的な理由が考えられます。セロトニンの動態によってその人の、他者の得に対する態度が左右されるのです。

面白いことに、この実験では、ゲームが進むにつれて、プレイヤーは協力的になっていきました。これは、協力せずに自分が出し抜こうとしたら仕返しされるリスクが高いため、その恐怖が大きくなっていくからであると考えられます。

この結果についても、他国ではこのような傾向が見られませんでした。要するに、日本人は他人が得するのを許せない、そして、意地でも他人の足を引っ張りたいと考えている、ということが図らずも証明されてしまったわけです。協力的な姿勢になるのは自分も同じ目に遭うのが怖いからなのだ、ということになるでしょうか。

ただ、私はこのことをもって、単純に日本人が性悪だとは思いません。美しい国を守るためには、ときにはこういった毒をうまく使いこなすことも必要なのでしょう。

いずれにしても、とても興味深い結果です。

協調性という名の蟻地獄

前項で日本人はスパイト行動をする傾向にあるという実験をご紹介しましたが、このスパイト行動は、言い換えれば、協調性という名の蟻地獄、とでも言えるものです。

他人が得するのを許せない、という精神が、どちらも得をするというｗｉｎ－ｗｉｎな考え方の邪魔をしているのです。また興味深いのは、「私が損をしているのだからお前も損をすべきだ」という考え方が生じることです。いわば、ｗｉｎ－ｗｉｎよりもｌｏｓｅ－ｌｏｓｅを指向する構造を持っているということになります。足を引っ張りあい、誰の得も許さない。ひとりだけ抜け駆けしようとするやつは寄ってたかって袋叩きにしてやれということにもなります。つまり、この蟻地獄から抜け出そうとするのには、かなりの困難が伴うということです。

さすがに文章で読んでいるだけであれば、自分はそんなことはしないし、思いもしない、という人がそれなりにいると思うのですが、実際には、すでにおたがいを潰しあう結果をもたらす選択を何度もしている人が相当数いるのではないかと推察されます。そうでなければ、もっと合理的な選択を選好する社会がとっくに構築されていて然るべきで、「空気を読め」だとか、「出る杭は打たれてしまう」だとか、「お前だけを特別扱いするわけにはいかない」だとか、そんな非合理的な慣習はすでに消滅し去っているはずだからです。

日本ではイノベーションがなぜ起きないのか、といった議論がひところ、盛り上がったことがありました。ここまで説明してきたような土壌のある土地では、相当工夫しなければ、目立って旗を振る人は全員がこの空気の犠牲になってしまうでしょう。足を引っ張られてしまうことから彼らを守らなければ、イノベーションなど起こりようがないのです。

ドローンやブロックチェーン、自動運転といった新たな技術が出てきても、普及させるうえで些細な問題が起きるたびに、足を引っ張るいい口実ができたとばかりに、責任追及ばかりに終始する。ネガティブな側面ばかりがクローズアップされて、規制のオンパレード。これでは、新しいことにチャレンジするインセンティブ（動機）がなくなってしまいます。新しいことには経験知も伴わないことが多く、失敗があって当然のはずですから、新しいことにチャレンジする、イコール、足を引っ張られる沼へ踏み込むこと、になってしまうのです。

ただ、これは、攻撃する人を責めても状況が改善されるものではないのです。誰が悪いかを特定してその人を排除する、ではまた同じことのくり返しであり、まったく解決になりません。そうではなくて、これからどう改善するかにフォーカスする必要があります。

この実験はもうひとつの興味深い性質を浮き彫りにしてもいます。自分が得する側になったら、今度は自分が足を引っ張られて潰されるのが怖いので、できるだけ相手を刺激しないよう、無難に仲良くｌｏｓｅ－ｌｏｓｅしよう、という性質です。空気を読んで、目立たないように行動しよう。誰かの反感を買いかねないような派手な格好や威圧的なファッションは避けておこう。そんなふうに日本の女性が振る舞うのも、このためでしょう。

あなたが生贄にされないために

身近にもスパイト行動はたくさん見受けられます。

誰かがいい思いをしているとそれに嫉妬して、「あいつはダメだ」と周りに吹聴したり嫌味を言う。人を祝福したり称賛することができない。こうした人々の中では、誰かが得するだけで揉めごとの原因になりかねません。

この環境下では、宝くじが当たろうがビットコイン長者になろうが、余計なことは話さず、素の感情は見せないのが得策なのかもしれません。カラハリ砂漠のサン人は自慢すると後ろから味方に討たれかねないので、どんなにいい獲物を仕留めても、自らの猟果をみんなの前で自慢することはないといいます。日本社会にも似たところがありそうです。

政治家や芸能人のゴシップ記事で、炎上しやすいのが日本特有である理由の一端も、これで説明することができるかもしれません。芸能人も一度不倫騒動があれば人生が終わるようなレベルの転落をしてしまいます。やはり日本人には有名人を叩くのが好きなスパイト精神があるのでしょう。有名税という言葉は日本特有かもしれません。自分よりもおいしい思いをしている有名人は「けしからん！」と考えるのです。

論理的に考えれば、仕事ができることと人間的に高潔であることは別物です。「英雄色を好む」と言われるように、偉大な仕事を成し遂げる人はテストステロン値の高い人が多く、色恋沙汰も必然的に多くなってしまう傾向も否めないでしょう。仕事で結果を出しているのであればその人のプライベートはほとんど関係ないはずで、政治家が不倫をしようが日本をよくしてくれるのなら、特に糾弾する必要はないのではとも個人的には思います。

誰に対しても高潔さを求められる社会は息苦しいものです。

日本にいまだによくある根性論や美徳を振りかざして他者を追い詰める行為も、スパイト行動の一種と言えます。モラハラ、パワハラとも言われますね。成長にまったく寄与しないにもかかわらず、お前のためだ、などと言って理不尽な倫理観でねじ伏せようとする行動です。児童虐待の中にもこうした側面を持つものがあり、痛ましい報道に触れるたびに、胸が苦しくなるように感じます。

「自分たちはこんな苦労をしてきたのだからお前も苦労すべきだ」論を押しつける振る舞いもよく見られるように思います。今の若い人がおいしい思いをしているのを見るだけで、許せなくて足を引っ張ろうとする。これも、スパイト行動の典型的な例です。

あなたの人生には、有限の時間しかありません。足を引っ張るような人の多い環境で、息を詰めるように暮らしていくのは大変なことです。できればもっと誰かを祝福したり素直に称賛できたりするような、器の大きさを持った人と楽しくすごしていきたいものです。

足を引っ張られず、悠々と実力をつけたいと願うのであれば、まずはスパイト行動をとる人が多い環境をなるべく避けることです。

実力をつけてきそうな後輩を叩いて道連れにしたり、村八分を恐れるあまり同調せざるを得なくなるような人も残念ながら多いものです。そうした環境にいては、あなたの人生は搾取される一方になってしまう。もしもそんな環境にあなたがいたとしたらすぐに抜け出すことをすすめます。長いことそんな環境に身を置いていれば、自分も無意識に誰かにスパイト行動をするように変貌してしまうかもしれません。

そしてもし、抜け出せない環境にそんな相手がいたとしたら、その人には、自分のことを、こう思ってもらう必要があります。「この人は私とは違う。もはやこの人は私の手の届くようなところにはない特別な能力を持った人だ」と。出過ぎた杭は打たれない、というのは確かに心理学的にみてもそのとおりです。相手の妬みを憧れに変え、自分を生贄にするよりも、生かして仲良くしたほうが得だと思わせられるようになるまで、自分を磨きぬかねばなりません。

そうして自身を作り上げていった人たちが多数派になったとき、この国の様相も、変わっていくかもしれないと思います。そんな静かな革命の一歩が、もしかしたらあなたの振る舞いから始まるかもしれません。明日の見えない、不安な時代に、「空気」という群衆のあいまいな意見に振り回されず、自分自身の選んだ道を正解にできる力強さを、多くの人が持つことができるよう願っています。

第2章

対談「あなたのため」という正義

〜皇帝ネロとその毒親

人はいともたやすく正義中毒にはまる

中野信子　2020年、コロナ禍が「正義中毒」を全国に蔓延させました。新型コロナウイルス以上に、「正義中毒」のパンデミックが起きた、と言ってもいいかもしれません。人々の脳は、社会のルールを破る相手を見つけて制裁を加え、自分があたかも正義の味方になったかのような全能感を覚えて、満足し快楽を感じているように見えました。

残念ながら、第1章でも述べたとおり人間の集団の性質は決して性善説だけで説明できるものではありません。正義の名のもとにどんなにも残酷になり得るものです。実際にいわゆる自粛警察と呼ばれる行為も話題になりました。条件さえそろえば、その条件下においては、個人が疫病への恐れや不安でいともたやすく正義中毒にはまるのだと、多くの人が知るところとなってしまいましたね。

ヤマザキマリ　コロナ禍で独断の正義を振りかざす世界の指導者もいました。アメリカのトランプ前大統領や、極右で「熱帯のトランプ」と言われるブラジルのボルソナロ大統領、のちに初期対応のまずさを認めたイギリスのジョンソン首相など、彼らの横柄とも言える一方的な判断が、多くの国民を死に追いやるきっかけとなったことは否めません。

中野　世界史に残る変化が起きたとき、人々も為政者も動揺します。価値観がゆるがせにされるとき、かえって人はひとつの「正しさ」にしがみつき、「これが正義」と思い込もうとする。そうして世界が大きく揺れ動くことの反作用として、基準を頑健なものにしようとします。そして、一部の人々が急進的に動くときに惨事が起きる素地が整っていってしまう。ひらたく言うと、よかれと思ってしたことが集積して大惨事を引き起こしてきたのが人類の歴史の一側面でもありました。そんな懸念が拭いきれず、今このときに、それに警鐘を鳴らすことができたら、という思いを持っています。

ヤマザキ　それはつまり、正義を提示する人に客観性が欠落している、ということになるんですかね。

中野　本人は十分理性的で客観的である「つもり」でいると思うんです。そのうえ、第三者から、その考え方はエキセントリックだとか危険だとか言われると、逆にその第三者をバカ者扱いして、より自分が正しいという確信をかえって深めていくようにも見えます。

ヤマザキ　要するによき社会のあり方を慮《おもんぱか》った自分の考え方に、他者が反論を示すはずがないという確固たる信念があるわけですね。そのためには余計な意見を排除する必要がある。

中野　おっしゃるとおりです。確証バイアスも起こりやすくなるように思います。確証バイアスとは、あらゆるデータを客観的にフラットに参照するのでなく、自分の信念を固められるデータだけを恣意的に拾い集めてしまうという偏向のことです。言うなればイエスマンを周りに集めるようなものでしょうか。

ヤマザキ　とにかく異論には極力意識を向けないし、異論を理解しようとする試みもない。そういった確信を抱かなければならない必然性はどこから発生するんでしょうか。

中野　これは、その個人の意識されない承認欲求が根が深い原因のひとつにあるとも考えられます。と同時に、今ある現実を否定する気持ちの強さが相乗的に働いて、この両方が強力タッグを組んで機能してしまっている感じではないでしょうか。危機が起きたときは、今ある現実をある意味否定して、どうにか復旧、復興しなければという気持ちが強くなるはずなので。

なぜ読者が、皇帝ネロに感情移入したのか

中野　マリさんが古代ローマを舞台に執筆されている『プリニウス』（新潮社）の皇帝ネロ像は、これまでにない視点から描かれているものですね。統治時代ローマに火を放った、キ

リスト教徒を迫害した、本妻や母親、恩師殺しなどという行為の残虐性から、まさしく暴君の代名詞とみなされているネロを、史実に基づきながら従来の見方とは別な解釈をされていて、脳科学的にも現代の私たちとの共通項があるな、と、興味深い点を多く見いだすことができました。

ヤマザキ　なるほど、そう考えると皇帝ネロは格好のサンプルになりそうです。ネロはまさに独断正義中毒の人と言えます。ただ、彼が暴君としてくくられ続けているのは、彼の人格だけが理由ではありません。そもそもネロが皇帝になったのも、母親であるアグリッピナやその周辺の大人たちが彼を操って政治を動かしたかったからです。

　実は『プリニウス』で描くネロには、感情移入する読者が多くて「ネロのことがものすごく理解できます」という感想が少なくなかったんです。彼の正義中毒性の基軸には、「みんなのために皇帝となり、こんなに愛されている私の行いは、何も間違っていない」という彼なりの良心があったのだと見ています。

中野　ネロは実に興味深い題材だと思います。

ヤマザキ　たとえばネロと言えば、後世の歴史家によってローマの大火の犯人と記されて現在にいたっていますが、実は火災発生時には別の街にある別荘に滞在していたことがわかっていて、彼が犯人ではないというのが真相なんです。

　キリスト教が力を持つようになってから、彼の放蕩な面ばかりが注視されてプロパガンダ的に悪役にされてしまった。でもネロは、放火犯どころか、大火の報告を受けるやいなや速攻でローマに戻り、ダメージを受けた市民のための慈善事業に尽くしもしました。それはしっかり立証されている。食べ物を市民に配り、寝泊まりの場所を提供し、「自分をこんなに慕ってくれる市民の気持ちに全身全霊で応えなければ！」という思いが発動していたんでしょうね。

　キリスト教徒への迫害は当時の治安維持的組織や、彼のだいぶあとになって現れる、むしろ賢帝として有名なマルクス・アウレリウスが行っています。このころのキリスト教は現代のアグレッシヴな思想に根づいた新興宗教の扱いと同じく、社会の安泰を脅かすカルト教でしたから、制裁の対象になってしまうんですね。ネロの時代、キリスト教はまだそれほど深刻な影響を及ぼすものではなかったし、信者だって愛する市民のひとりだったでしょう。

　きっと彼は自死の瞬間ですら、自分は市民にとっての正義の味方であり、太陽神の化身であり、市民にとっていちばん大事な存在だと思い込もうとしていたはずです。彼は「ローマは偉大なる芸術家を失う」と言い残して死んだと言われていますが、最後まで自分が否定視されているという意識がなかった。というか、意識を持ちたくなかった。

中野　なぜそんな濡れ衣を着せられたのですか？

ヤマザキ　彼が皇帝になったときはわずか17歳でしたが、そもそも自分の意志ではなく、一筋縄ではいかない根性を持った母親の目論見によって皇帝にさせられてしまったわけです。皇帝となったネロはセネカという優秀な家庭教師を立てられますが、このセネカは母親の参謀という側面も持っていました。

ネロはどちらかというとマッチョな精神よりも、文化的な嗜好が強いギリシャ文化オタクであり、自分の奏でる竪琴《たてごと》や歌に、演説の何倍もの影響力があるはずだと確信していました。だから、あちこちで自分のワンマンステージを開くわけですよ。ネロの解釈では音楽や詩は帝国を統制するうえでの理想的な手段だったんです。彼自身が感受性豊かだったんでしょう。

おまけに、コルブロという名将の手柄で、長期にわたって紛争がくり広げられていたパルティアとの和解が叶ったとき、アルメニアの王から太陽神という扱いを受けて自分を神格化してしまいました。もう存在していませんが、なけなしの国家予算から、コロッススという太陽神化した自らの巨大彫像も建ててしまった（57ページ参照）。

母親や重臣殺害の深層心理

中野　そうなんですね。ネロの母親はまさに毒親、といった感が濃厚ですが、母子関係はどのようだったのですか。

ヤマザキ　自分が操られているという自覚を得たネロは、母親の殺害を命じます。それには彼女の存在を煙たがる他の連中の意図も絡んでいたわけですけどね。

中野　なんとも、闇が深いですね。母親からの影響についてはあとの項で詳しく聞かせてください。それにしてもこの巨大像にはネロのナルシシズムを感じさせられるようです。

ヤマザキ　そうですね、ネロは全世界が自分を欲している、求めていると確信していましたからね。まあ、確信という名の甲冑《かっちゅう》でナイーブで弱い自分の身を包んでいたわけですね。

中野　ナルシスト性もあり、さらにパラノイア的でもありますね。ネロは少年時代に、不安や恐怖を強く感じる環境で教育を受けてきてはいませんか。周りから批判されているのではないかと常にびくびくしたり、自らを特殊な人間であると信じ込もうとするのもパラノイア的な特徴です。自分が世界から求められていることを確信できるものがどうしても欲しくて、巨大像を造ったのかもしれません。

皇帝ネロの約30メートルの高さの巨像コロッススイメージ図
©The Granger Collection / amanaimages

ヤマザキ　そうですね。自分が国の金ですごい建物や彫像を造っても「それはローマ市民が僕にしてもらいたいことだから」と何の疑念も持っていなかったでしょう。

中野　しかし、巨大帝国を治めるのに、まともな神経ではできない、というのももっともな話かもしれません。何かを見ないようにするのでもなければ、精神のバランスを保てない、ということも考えられるでしょうか。

ヤマザキ　そもそもネロのような、元老院のスケープゴート的な皇帝というのは何人もいまして、ネロの場合、若いときは、セネカという家庭教師兼参謀長官に皇帝としての特権の使い方を委ねていました。セネカ自身は過去に政務官や元老院議員も務めていますが、本来はストア派の哲学者で、雄弁な弁論者でもあり、加えてローマ屈指の財産家でもあったので、その存在感は圧倒的なものがありました。ところが、このセネカにもネロはやがて自殺を命じてしまうわけです。もう、いらない人をことごとく排除していく。

中野　もしかして、身近な誰かを殺害することで、僕は自立した、成長した、という実感を得られたとか……。

ヤマザキ　周りに影響されやすい人だったのかもしれません。彼のギリシャ文学への傾倒もそもそもセネカの影響ですからね。だけど、セネカを煙たく思う元老院など周辺の誰かに、ネロの弱い気持ちを揺する何かを吹き込まれたのかもしれないです。そもそもセネカをネロにつけたのは母親でしたが、このセネカはネロの母親殺しにもかかわったとされています。

ローマ帝国とその市民を思えばこそ、自分をつらい気持ちにさせる人はたとえそれが親族であっても排除すべきと捉えていたんでしょう。それでも、後に自分を太陽神と置き換えてしまうわけですから。

国民のアイドルだった若き日のネロ

中野　神、という言葉の指し示す範囲もとても広いですよね。ネロの場合は実際、どんなふうに市民からは見られていたんでしょう。

ヤマザキ　人気がありました。ケネディ元米国大統領を思いうかべるとわかりやすいですが、若いというだけでカリスマ的な要素が備わるというのは、今も同じだと思います。加えてネロは当時人気だったチャリオットという競技に自らが選手として出ていたりするタイプですし、先述したように火災があれば速攻でその対処に乗り出せる行動力もあった。

中野　ご結婚前の小泉進次郎さんのような感じでしょうか？

ヤマザキ　いやあ、ちょっと違うかな。行動力に画期的なエンタメ性が盛り込まれていたわけですから、華やかでもあったでしょう。あと、経済と国威を誇示するという意味では、巨大な建造物をいくつも建てたりしてましたし、財政難の中、あんなものを建てて！　と非難はされても、結局は自分たちの国のすごさやゆとりをあおる存在に市民は惹かれるんですよ。今の日本もそういうところがあるかも。おまけにオリンピックにも出場したりする。小泉進次郎さんもオリンピックに出場するようなアスリートだったら、支持者が増えるかも。

中野　クレー射撃でオリンピック出場経験もお持ちの、麻生太郎副総理のような感じですかね。

ヤマザキ　それも若干違うと思いますが、でも民衆は運動に秀でた人が好きですからね。

中野　スターだったんですね。
ヤマザキ　そして、出場する競技はすべて自分が優勝するように仕組んでいた。
中野　えっ、やらせ？
ヤマザキ　負けても優勝です（笑）。ギリシャでの競技会では1000個の月桂樹の冠をもらい、ローマに戻ったときには凱旋パレードまでやったらしいです。ギリシャ好きのネロですから、滞在中には神殿なんか造ってあげて、地元の人からも人気を獲得していました。
中野　ちょっとびっくりしました。プライズコレクター？　神殿を造るのにはばらまき政治的なにおいもしますね。
ヤマザキ　プライズは権威の糧ですからね。でも、とにかくそんな自分を胡散臭いと思う人なんて誰もいないと信じ切っていたわけです。きっとみんな自分には優勝してもらいたいと思っているだろうから、その願望を叶えましたよ！　という政治的達成感をそこで得ていたのではないでしょうかね。
中野　周りにイエスマンしかいなければ、そうなりますね。
ヤマザキ　元老院にしてみれば「まあ、やらせとこうや」と放っておいたんでしょうね。そんな振る舞いがいずれ自らの崩壊を招くことになると、見据えていた連中もいましたから。

よって、ネロ暗殺事件が何度も起きています。それをネロは自省のきっかけではなく「国民の支えである私を殺そうとする最悪な奴ら」と解釈し、それこそ自分が否定されているとはまったく思わないわけですね。

中野　楽観的というか、なんというか。

ヤマザキ　でも、本人は苦しんでいましたね。さまざまな葛藤で。

中野　宗教は？　ネロの時代はまだ皇帝はキリスト教徒ではなかったわけですが、ネロの拠って立つところの信仰は……？

ヤマザキ　自分じゃないですか。自分信仰。太陽神だし、市民にも崇められている自分。自分信仰って、なかなかできることじゃありませんよ。そうでもなければ、後世にもこうして語られるようなあんな存在にはなり得なかったでしょうね。

自己評価の低さがおデブの引き金に

中野　外側のその神の化身のごとき姿への自己崇拝と、内側の自己評価の低さのギャップが……。いや、内側の自己評価の低さを具体的に示すものは何かあるのですか？

ヤマザキ　自分信仰の甲冑が重たく大きく負担になっている自覚はあったと思います。漫画の中では甲冑を脱ぎたいので、プリニウスという知識人に自分の家庭教師になってほしいと懇願するシーンを書きました。まあ、あれは私の想像なんですけど、実際ネロの知識欲は旺盛だったらしく、あらゆる文学や哲学に傾倒し、たくさんの文献も読んでいたようです。文化がなければ国家は成り立たないと思っていたというのもありますが、教養など内側から固めた自信を持ちたかったのでしょう。つまり、周りに神だと思わせているのはいいけれど、その自覚は同時に彼を苦しめてもいたはずです。で、おデブになっちゃう。

中野　ええっ！

ヤマザキ　ストレス性のものだと思うんですが。

中野　摂食障害？

ヤマザキ　彼の横顔が彫られたコインを見比べていくと20代半ばから完全な二重顎で、明らかな肥満化が進んでいくのです。おそらくストレス性の摂食障害でしょうね。

中野　相当なストレスを感じていたことが推察されますね。食べると一時的にセロトニンが出て安心感があるので食べてしまう。摂食障害となると母子関係も影響していることが考えられますし、潜在的自己評価はやはり低かったのでしょう。

また、私がしばらく前から言及し続けていて最近ようやく広く知られるようになってきた現象があるんですが、インポスター症候群と呼ばれるひとつの病態があります。無意識的に自分を否定的に見てしまうというものです。自分が客観的に見て明らかに、申し分のない成功をおさめていても、自分の能力によるものではなく「この成功は運がよかっただけ」「周りの人の協力があったから」などと思い込んでしまうというものです。トム・ハンクスなどのハリウッドスターやミシェル・オバマ元大統領夫人も、自分がインポスター症候群だと告白しています。

ネロの場合は、自分が本当は何もない人間なんじゃないかとばれるのが怖い。欠落を埋めたいと考えていたのではないでしょうか。

ヤマザキ　なるほど。その兆候、私にもあるかも。

中野　マリさんは誰がどう見ても揺るぎない実績があるのに、それでも感じるんですね。摂食障害でない出方をすることもあります。たとえば、セックスに溺れる人もいます。一時的に欠落が埋まった感じがするのですね。性的な相手に依存することで、いっとき苦しさを忘れるんです。ただまあ、相手に執着する割に意外と相手は誰でもいいという、特徴的な性的関係を持ちます。相手を愛しているわけではないからですね。

ヤマザキ　ネロはバイセクシュアルで、そういうお相手もたくさん周りに侍らせていました。ネロだけではなく、皇帝という重すぎる役職を担っていた歴代の何人かが、やはり同じような放蕩性を持っていた。自分の命を肯定するには、そうやって本能的部分の欲求に過剰なくらい執着するしかなかった。

人の評価が支配する〝世間体〟という戒律

中野　なるほど。そういう見方がたしかにできますね。自己を自己のまま受け入れるということがやりにくい時代だったんでしょうか。文明病とも言えるかもしれません。

ヤマザキ　今の人間社会も、人からの評価があって自分の存在を自覚する、というのは同じだと思います。だから、社会の評価が歪んだり、希薄になって満たされなくなった人が、放蕩な行動をとるようになる。私は古代ローマと日本はお風呂以外にも相似する事柄はたくさんあると思っていて、たとえばあの世界にも今の日本のような〝世間体〟戒律があった。当時は建物の壁がメディアの役割をなしていて、悪口が書き込まれるなんて当たり前でした。

中野　なるほど。その壁は今でいう匿名掲示板とか、ヤフーコメントのようなネットやツイッターの書き込みに相当するものですね。

ヤマザキ　帝政ローマの礎を築いたカエサルのような人も目立つ存在だっただけに、この

「落書き文春砲」をくらっていたようです。

ネロももちろん標的になっていましたが、ネロはまさに、〝世間体〟戒律を大袈裟すぎるくらい体現していた存在ですね。市民がどう思おうと自分さえよければそれでいい、ではなく、市民からの好感度を意識しすぎて、大好きな自分の判断は市民の希望、みたいな超越した解釈になってしまった。ネロは自分の判断は市民の願望を叶えるものであり、正義のためだと思い込んでいたわけで、悪さをしようと思ってしていたわけではなく、それをとがめる人が周りに誰もいなかったのも大きいですね。

一度、自分のリサイタルを開いたときに、客として呼ばれていた、後の皇帝となるウェスパシアヌスが演奏をするネロの前で大あくびをして、ネロの逆鱗に触れたことがあったようです。そのときのウェスパシアヌスの退屈を体現したリアクションは、ネロにとって、自分を愛する市民を敵に回す悪意の行為でしかなかったわけです。

中野　よかれと思って正義をやる俺。みんなのために。いたたまれなくなります。誰とも信頼できるコミュニケーションをとれなかったんですね。

ヤマザキ　まさにそれです。民衆という鏡に映さないと自分の姿が見えない。一方で、自分が周りから盛られて出来上がった存在だという自覚もあった、というところが彼に凶暴性をもたらすきっかけとなった。

ネロが母親を殺したのは22歳のとき、皇帝になって6年目です。私が思うに、母親の存在を払拭することで、自分は他者によって操られるような表層的な存在ではない、という確信を持ちたかったんじゃないでしょうか。しかも母親だから、ネロの行動のあれこれにコメントしたり批判もしていた可能性がある。「今日の弁論はよかったけど、あそこはもっとこうするべきだったんじゃない」だの「もっと痩せたほうがいいんじゃないの」だの、夫婦間でもそういった口出しがきっかけで離婚にいたるケースもよくありますが、そんな感じだったのだろうと想像します。

わが子を自己実現の道具にする毒親

ヤマザキ　そんなわけでアグリッピナは自分が皇帝にしたネロに殺されましたが、まさに今で言うところの毒親というやつだと思います。なにせ、ネロが皇帝になったときに鋳造したコインは、母親入りです（67ページ参照）。こうした母子コインは前代未聞です。元老院をはじめ、市民も引いたと思います。

中野　いや、背景を知れば普通にキモいですよ、これは……。母と姦通して父殺しをしたオ

皇帝ネロとその母アグリッピナがともに刻まれたコイン
©Werner Forman / TopFoto / amanaimages

イディプス王が想起されてしまうような……。

ヤマザキ　あとで説明しますが、アグリッピナもオイディプス王をしのぐ、今の倫理ではあり得ない非道をやらかしてきた女性です。このコインは要するに、ネロはアグリッピナの分身であり作品だということを証明しています。

中野　その時代に流通する価値の象徴として母親を使うというのはすごいと思いますよ。学生時代に出会った「東大君」のうちのひとりを思い出します。彼はいわゆる箱入り息子君だったのですが、パソコンの隠しフォルダに母親との近親相姦もののAVをためているのを偶然見るはめになってしまい、かなり引きました……。というのも、彼は何かにつけて、母親のことをやたらと引き合いに出し、過剰なほど理想化して話しているような感があったからです。

ヤマザキ　私は漫画の中で、母親殺害後、ネロが結婚するポッパエアという妃に「お母さん」と呼んで泣きついたり甘えたりするシーンを描いてしまいました。あながち嘘でもないかも。

中野　ネロとその東大君は、お母さんが必死で子どもに地位を持たせようとする点が共通しているかもしれません。母親が自己実現のために息子と人格の分離ができない。そのために息子は心理的な自立ができず、歪みを抱えてしまう。本人も苦しいと思います。自立を求めて母親を殺したり犯したりしたくなる、という心の葛藤が生じる可能性もあります。

ヤマザキ　現在のイタリアにも多いですよ。精神的に母親から独立できていない子ども。イタリアではマザコンは女性でもありますが、女性は自分たちが子どもを産めば今度は自分の息子をマンマ依存に育てていく。男性の場合は、だから70になっても80になってもマンマ崇拝は続きます。

マンマにとって息子は自分の作品でもあり、自分を無償で愛し続けてくれる、自分の存在理由となるわけです。アグリッピナにとっても、ネロを皇帝にすることが自分の生きる理由でもあり、表現作品なわけですよね。ネロが崇められれば、自分が評価されるべきことをしたと彼女は思っているわけですよ。

中野　アグリッピナは彼を皇帝にするために、具体的にはどんな手段を使ったんでしょうか。

ヤマザキ　アグリッピナは、古代ローマ初代皇帝アウグストゥスの血を引くユリウス・クラウディウス朝の皇族です。彼女がまず13歳で結婚した相手は、家柄がよくても、素行や女癖がとにかく最悪な男だった。22歳のとき、この人とのあいだにネロが生まれ、夫はその3年後に亡くなります。

そのときの皇帝は自分の実兄であるカリグラという、これまたとんでもない性格を持った人物でした。このカリグラとの怨恨を含んだ複雑な関係性はあとで話しますが、カリグラの次には血筋的にも自分の息子が皇位を引き継ぐべきだと思っていたのでしょう。

ところがカリグラの次に皇帝になったのは、自分の叔父であるクラウディウスだったわけです。クラウディウスは皇位を得るために多額の賄賂を支払ったとも言われています。とにかくアグリッピナが自分の野望を成し遂げるためには、まずはクラウディウスという皇帝の妻にならなければならない。彼にはもちろん正妻がいて、子どももふたりいましたし、クラウディウスが死んだらその息子があとを継ぐことになります。

放蕩のかどで妻が自死を命じられると、アグリッピナはクラウディウス叔父さんに近づき、強引に妻となり、その後夫には毒キノコを食べさせて殺害してしまう。真相は謎ですが可能性はなきにしもあらずです。

中野　なんと野心的な……。

ヤマザキ　当時のローマ法では親戚関係の結婚は禁止されていたにもかかわらず、その法を無視して妻になります。もう、権力目的であることがあからさまな婚姻でした。結婚したあとにアグリッピナは夫から「アウグスタ」という、皇帝一門の女性に与えられる特権的称号を与えてもらったこともわかっています。

クラウディウスと結婚したアグリッピナは、まずクラウディウスの娘オクタウィアとネロを婚約させます。皇位継承順位では優勢だったクラウディウスの息子であるブリタニクスは齢14でネロ（恐らくアグリッピナのアドバイスで）に毒殺されます。その後クラウディウスも前に述べたとおり死にますが、その時点でネロが皇位継承順位で優勢となりました。ネロの妻オクタウィアは、ポッパエアという愛人との結婚を望んだネロによって流刑にされ、後に殺されてしまいます。

中野　アグリッピナの凄まじいまでの上昇志向というか承認欲求というのでしょうか、強烈な権力欲でおそろしく自己中心的にレールを敷いていくアグリッピナ。共感性が微塵も感じられないというか、子の意志をまったく考慮に入れず、支配的に振る舞う母のイメージが浮かびます。

ヤマザキ　そうですね、息子を利用することで自分が望む権力獲得を目指そうとした……。自分は帝国ローマを司る息子の母親であり、崇められる存在であるという承認欲求が強烈にあったんでしょうね。そういう親、今もたくさんいるんじゃないでしょうか。

子の苦痛に共感できない親とは？

中野　聞いているだけで胸が苦しくなるようです。人間の想像力と共感性についての実験があるんです。この研究では、自分は嫌だと思うタスクでも、他人がやると思うと平気で課してしまうということが明らかにされました。また、今の自分がやるのは嫌でも未来の自分がやるという設定だと平気でＹｅｓと言ってしまう。多くの人は、未来の自分ですら嫌だと思うという想像力を働かせられないんです。

自分は表に立って皇帝になる苦しみは背負わないけれど、子を皇帝にしてその母として栄華をほしいままにしたのがアグリッピナであった、というようにも見えてしまいます。

ヤマザキ　要するに息子を盾にしたってことですよね。子どもに対しての感情には、愛情と、ある意味自分が支配するという残虐性が入りまじったものがあるというか。

中野　特にこういうタイプの人は、子に対してなんて、共感性を持つことはまずなさそうです。むしろ「よかれと思って」いろいろした結果、かえって問題をややこしくしてしまう。未来の自分にとって「よかれと思って」今の自分が何かをする。でも、未来の自分はそれを苦痛に感じるわけです。未来の自分を、子、に置き換えると、毒親的なことを自分自身にもしていることになります。心が病む性質の人は総じて、自分の扱いが下手な人だと言えそうです。

ヤマザキ　まだ幼い娘に早くから読み書きを教えて、しかもモデルにもなれるようにと食事制限もし、虐待死させてしまった若い両親の事件を思い出しました。そんなふうに盾とされた子どもが感じる痛みは、親には直接的には響かないんですね。

中野　そこは本当に悲しいところですね。アグリッピナもネロも未来の自分の痛み、大切であるはずの相手の痛みに対して、鈍感だったのではないでしょうか。この「響かなさ」を実証するのが先ほどご紹介した研究です。そして正義中毒に侵されているとますます他人の「痛みを訴える声」は「ラクして得したい」という、ズルをするための訴えに変換されて聞こえてしまうので、まったく心に響かなくなるのです。

ヤマザキ　彼女は、いかんせん自分の抱えている混乱をうまく整理することができず、その処理をネロで解消しようとしていたのだと思います。

中野　自分の心の軋みを子で解消しようとしたんですか……！　かわいそうなネロ。

女は「正義」の使い方を知っている

ヤマザキ　アグリッピナにも自暴自棄的な心理が読める気がします。

中野　それはどういった言動や経歴から読みとれますか？

ヤマザキ　あの時代、貴族の女性はまあ問答無用で政略結婚をさせられるわけですよ。それは高い位の家に生まれついた者の仕方のない定めで、当時はもう13とか14で嫁ぐことになる。しかもアグリッピナの場合は、最初の夫が先述したようにかなり厄介な人物だったとされています。まだ少女だった時代から、もう人間の不条理を容赦なしに突きつけられていきます。

中野　どこへ向けたらいいかわからない恨みを抱えていたのでしょうか？

ヤマザキ　ですね。しかもアグリッピナは、婚姻中も自分の実兄である皇帝カリグラと、近親相姦の関係にあったとされています。

中野　当時の兄妹間の姦淫についての倫理観はどのようなものですか？

ヤマザキ　そういったことは決して異常ではなかった。古代ギリシャ・ローマ神話がもうそういうストラクチャーなので、民衆的には今ほど驚くような事柄ではなかったようです。

中野　エジプトでは少なくとも許されていた、のでしたね？

ヤマザキ　エジプトは父と娘の近親婚も許されていましたからね。カリグラが近親相姦の関係を持っていたのはアグリッピナだけではなく、その妹ともあったとされています。とにかくカリグラのご乱行と濫費、愛馬を国の執政官に任命したことも、彼の狂気性を示す有名なエピソードとして後世に伝わっています。

　アグリッピナは妹の元夫とグルになって、兄であるカリグラの暗殺を企てるんですけど失敗してしまって、流刑にされます。

中野　なんだか、時代が下りますけど、ボルジア家のような泥沼の様相を想起させられます。ところで、彼女はなぜカリグラを殺そうと？

ヤマザキ　私の憶測ですが、アグリッピナにとっては自分の兄であれ、皇帝という実力者である存在と自分と妹との関係が疎ましかったでしょうし、妹の元夫にも何かこう妬ましき思いがあったんじゃないでしょうか。彼女はこの流刑によってまだ幼かったネロと引き剝がされてしまうわけです。

中野　女が心理的にも社会的にも割を食うような社会構造が、当時もあったのですかね……。

ヤマザキ　そうですね。アグリッピナが子どもと再会したときカリグラはすでに殺されていて、叔父のクラウディウスが皇帝になっていた。そこで、アグリッピナ大作戦が発動するわけです。次の皇帝を息子にのっとらせてやろうと。かなり自暴自棄的な勢いと復讐心を感じるところです。

中野　現代の東大君のママたちの中にも、自分たちもかなり力があり、けっこうな学歴を持っている割には夫の陰に隠れてしまうことを不幸だと感じている人はいそうです。その閉塞感を、息子の学歴や出世によって解消しているような節のある人もいなくはないんです。こういった女性は、当時、アグリッピナだけではなかったのでは？

ヤマザキ　ネロの4代前がローマ帝国の初代皇帝アウグストゥス。内乱続きだったローマに、安定をもたらす先駆けとなった政治的才覚のある人です。このアウグストゥスの孫、つまりアグリッピナのお母さんであり、ネロのおばあさんにあたる大アグリッピナもまた、強烈な毒親だったようです。この母娘はアグリッピナという同一の名前なので、大と小で分けていますが、大アグリッピナもまた夫を当時の皇帝だったティベリウスに殺されるなど（真相は定かではありませんが）、なかなか不穏な時代を経て、やがて息子を皇帝にすると公言しているんです。

中野　女は他に自己実現の方法がないのかと、暗い気持ちになってしまいますね。彼女たちの抱える、潜在的な男への憎しみは、かなり激しいものがありそうです。つまり母と同じことを娘もしたということですが、いわばこじらせているとでもいうか。悪い意味でロールモデルになってしまっているんですね。

ヤマザキ　こういう母親に育てられれば、そんな娘になってしまっても仕方のないことのようにも思えます。大アグリッピナは国家反逆罪で流刑となってその地で死にますが、彼女の母親大ユリアもまた同じ地に流刑となっているんです。この大ユリアは一時期ティベリウスとも婚姻関係にあったんですが、そこもまた複雑。ティベリウスの母親は初代皇帝アウグストゥスの再婚相手の連れ子です。大ユリアは、アウグストゥスの先妻の娘です。ちょっと複雑ですが、わかりますかこの、ドロドロに泥沼なバックグラウンドが。

中野　すさまじいですね……。そりゃあネロは太陽神と自分を思い込まざるを得なくもなりますよね。

ヤマザキ　結局、この大アグリッピナの子どもは全員不幸な死を遂げています。娘の小アグリッピナ含め。権力者の家系の女というのは強烈な人生を歩んでいるようだけれど、彼女にとってはそれが当たり前だったのかもしれません。

中野　もう何周も回って、悲しいを通り越して物語としての面白さすら感じてきました。人間関係が歪みすぎていて。歪んでいるのに自分を正義だと信じて、その正義のために周りの人たちを苦しめて。

ヤマザキ　見事に「純真・純粋」なんて言葉は存在しない世界ですよ。よき治世のために、自分が信じるところの正義を振りかざして苦しめる、いや、もうよき治世よりも自己承認欲求のほうが優勢なのか、とにかく正義の実体が何だかわからないことになってしまっている。とにかく、そういった正義中毒系皇帝の特異なメンタリティの背景には女の力があるわけです。

中野　「あなたのためを思って言ってるんですよ」ってすごい免罪符ですものね。

ヤマザキ　はい。結局女は正義というものの使い方を知っている……。正義の利用の仕方もわかっている……。

中野　女の人生って何なんでしょうね。高学歴の男性の母である人には、やはりこういう人が一定数いる印象があります。

ヤマザキ　結局は、よい遺伝子を残したいという思いからなんでしょうか。

中野　先ほどお話しした東大君は今有名なグローバル企業に勤めています。

ヤマザキ　それはお母さん的には満足？

中野　おそらくは。ただこれは、ご本人の話をきちんと伺っていないので何とも言えませんが。柔軟剤の匂いがするだけでも「母が香水をつけないでほしいというのでその服であまり近寄らないでくれる？」という人でした。彼はおつきあいしていた女性がいて、彼女は短大卒だったということでしたが、「母が『短大卒の女なんてありえない』と言うので別れた」とも聞きました。

ヤマザキ　そのお母さんのプライドは何によって満たされるんでしょう。世間体ですか？　褒められたい？　息子が自分の作品みたいなものなわけだから、結局は彼女自身が周りからすごい人だと思われたいってことでしょうかね。

中野　そんな感じですかね。一定の条件は満たしてなければならない。でも、義母となるかもしれない自分を超えてはいけないという意志も感じられました。私自身はその状況の中にありましたから、過敏に感じたところもあったかもしれませんが。こういう女性は、エキセントリックに一見映るけれども、意外に少なくないのではないか。彼女のような母のもとで育ったプチネロ君たちが、日本におけるリーダー層として国を支えていく可能性は低くはないわけですよね。もしその見立てが正しいとするなら、それは日本で女性は自己実現できないよなあ、としみじみ思ってしまいました。

ヤマザキ　たしかにそうですね。日本は先進国だとかなんとか言ってるけれど私の解釈では、日本という国は先進国としての資質や方向性は、西洋ともまた違うところにあるように感じています。

「妬み」の構造

中野　『ネット炎上の研究』（田中辰雄・山口真一、勁草書房）という本がしばらく前に出版されて話題になりましたけど、その中の記述に、炎上させる人はこれまで認識されていたような「貧困で低学歴」という属性とは関係なく、知的生活能力のある男性とありました。

ヤマザキ　それはデータの根拠があるんですか。

中野　そのようです。

ヤマザキ　でもわかるような気がしますね。貧困で低学歴の人は陰湿に人を貶めるようなことはしないような気がします。教育もお金も不足せず、だけど何か不純物が澱になっている。やっぱりママに甘やかされてきたような人たちとかなんでしょうかね？

中野　もしかして、そうなのかな、って一瞬思ってしまいますよね。自分のほうが評価されてしかるべきなのに、どうしてこんなやつが……という感情が炎上の動機になっている可能性も示唆されます。

ヤマザキ　要するに妬みなんですね。なにせママがずっと「あなたが世界でいちばん」みたいに育ててきたとしたら、世の中がそういうシナリオになっていないと許せない。

中野　本当なら切ないですね。まさに、自分が太陽神だと思わないとやっていられないというような状態に近いほど、本質的には追いつめられているのかもしれない。主権在民の国にあって、しかも、民のうちのエリートがこれって、どうなのかなと思わないでもありません。

ネット空間における正義中毒者のプロパティを読み解くにあたっては、「妬み」という感情は鍵になりそうなのですが、根が深いと思いました。

ヤマザキ　たしかにまだまだその向こう側がありそうですよ。

中野　満たされない、という動機を持つからこそ、勉学にも出世にも努力できるとも言えるあたりが厄介ですよね。エリートと自覚できたところで、もう競争しなくてよい世界一なのかどうかなんて誰にも決められないし、満たされるときなんてやってきたら、その人にとっては人生の終わりかもしれない。ノーベル賞をとっても——それはそれで素晴らしいことには違いないけれど——大してもう話題にならないですし。

ヤマザキ　だいたい人間という生き物は、自分たちの種族を特別だと思い込みすぎだと思うんです。余計なデコレーションを盛りつけずに、もっとシンプルに、大気圏内にいて、呼吸ができて、生きてるだけで十分幸せ、と思えないものなのだろうか。

中野　ほんとに悲しい生き物ですよね。なぜそう思えなくなったのかを読み解くことができれば、あと一歩解決に近くなるかとも思うんですが。

ヤマザキ　群生の生き物は他にもたくさんいるけれど、仲間の態度によって自らの存在をかたどろうとしたり、自己承認欲求のあるところが、人間という生態の特徴だと思えます。社会的生態を持った蜜蜂や椋鳥や鰯がそれぞれ個々の承認欲求を持っていたら、群れとしての機能が麻痺して、種族として滅びてしまいそうですね。しかも承認されるだけでは飽き足らず、ありがたがられたいと感じるようになる。感謝されているという意識が、統制力や正義につながるってことですかね。

中野　そうですね、他者から称賛されるというのは、承認のいちばんわかりやすいかたちですよね。つまり、群れ、仲間を作って生きるタイプの動物は、群れから外れたり排除されたりすることがそのまま死に近づくことを意味する場合が多いからかもしれません。上から目線になると気持ちいいという現象は生存確率のより高い状態を実感できる、という意味では人間の欲求の本質的なもののひとつかもしれないと思います。

ヤマザキ　結局、孤独とうまくつきあえていないということなんでしょうか。

中野　そうかもしれません。自分で自分を評価する、という機構を、上手に使うことができない脳を私たちは持っているんじゃないでしょうか。

ヤマザキ　周りから自分が生まれてきたことを感謝してもらいたいっていうのは、つまり、この世に生きていることに対しての不安が拭えないからなんでしょうね。イタリアではよくママが子育て中に「生まれてきてくれてありがとう!」「あなたは宝物よ!」といくつもの賛辞を連呼しますが、ああやって育てられたら承認欲求もより一層満たされるでしょう。でも、他者はそこまでしてくれない。

中野　ママに褒められるしかなかったのですね。

ヤマザキ　ママがいないと自分の実態が見えなくなってしまう。ネロのように。

間違った褒め方がプチネロを作る

中野　ネロなんですね。ネット社会がプチネロを量産している説について、先ほど少し触れさせていただきましたが、私への彼らのコメントが、あまりに……、上から目線すぎてびっくりしてしまうこともしばしばなんです。「お前が評価されるのはおかしい」「賞味期限切れ」「俺は本気出してないだけ」といった……。賞味期限といっても、私の本を一度も読んだこともないだろうに賞味も何もないだろう、と心の中でツッコミをつい入れてしまうのですが。

ヤマザキ　あの上から目線はつまり、バーチャル上でのみかたどられる理想的「俺」に酔いしれているってことなんじゃないですかね。先ほどのインポスター症候群とセットになった心理なのかも。自信不足が自己顕示欲をどんどんふくらませてしまうとか。

中野　欠落を埋めたいという気持ちが強いと考えれば無関係ではないかもしれませんね。たしかな、信じられる実績をあげられるシーンに恵まれていないという意味では、彼らも不幸なのかもしれませんね。「叱らず褒める教育」を中途半端に受けて、その褒めるは適切とは言えない「褒める」で。
努力を褒めるのでなく、「頭がいい」といった、能力について子を褒めると、自信はかえって失われてしまったり、嘘をつくようになったりするということがわかっているんです。褒めてもらうために、難しい問題を回避し、よりやさしい問題を選ぶ。低い点数をとるとそれを隠したり改竄《かいざん》したりする。そういうことが実験的に明らかになっているのです。褒めるって難しいんですよね。アグリッピナがネロに対して適切な育て方をしたとはちょっと想像しにくいですね。

ヤマザキ　生きることへの安定感や諦観は、やはり経験と思考の訓練によって身につけていくものだと思うのですが、それがない場合は自分に感じる不安を嘘で補うしかなくなるんですね。不完全燃焼でくすぶってるくらいなら、ひとり旅など精神的な健康を補えるような行動を起こすべきかとも思うのですが、みなさんなかなか経験を増やすことには消極的なようで。

中野　多くの人は、やり方がわからないのかもしれないですね。おなかが空いたらごはんを食べたらいいのですが、スナック菓子で小腹を満たし続けるようなことをしているのかもしれない。もしくは、ごはんを食べたくても、食材を手に入れることも難しいような環境下にいるのか……。

ヤマザキ　さらに言えば、不条理や理不尽や失敗の経験は、どんな甲冑を装着するより効果的だと思うのですが、まあ、それには勇気と行動力が必要になりますからね。

中野　そのほうが本当は早道で確実ですよね。甲冑もその重さを軽々と扱える筋肉がないと役に立たないですしね。

ヤマザキ　『プリニウス』を描いていて、なぜこんなにネロのイメージが豊かに湧いてくるのか不思議だったんですが、今の世の中にはプチネロがいっぱいいるからなんだな……。

中野　そうしてマリさんが描いたネロの姿が、多くの人の共感を得るってすごいことではないですか？　誰もが薄々感じているということですよね。自分も、もしかしたら、そうなんじゃないかって。

第3章

対談　日本人の生贄探し

～どんな人が標的になるのか

プチネロたちの脳内

ヤマザキ　この漫画（90〜91ページ参照）は『プリニウス』第10巻で、ネロが自死に追い込まれたときのものです。ネロはオウムを飼っていたと言われていて、ネロが自死の前にもはや誰も自分を愛していないと気がついたとき、オウムだけは自分を愛していると思い込んでいくのだけど、そのオウムに自分がふだん飛ばしている罵声をすべて返されてしまう場面です。でも実際にはこのオウムは存在しておらず、ネロの妄想だった、という展開になっています。

中野　読みました。ネロの脳内がそのまま外部出力されたような、圧巻の神場面でした!!

ヤマザキ　オウムが妄想だったというのは共作者のとり・みきさんからの提案ですが、ネロが完全に自分自身を見失ってしまうきっかけとしては、うってつけの顚末でした。

中野　現代に皇帝はいないのですけど、民主主義では、主権在民という考え方に立脚するなら、全員がどこかこのような感じなのかもしれません。程度の差はあるのかもしれませんが、ネットがさらにこの傾向を加速した感があります。いわゆるエコーチェンバー現象（閉鎖的空間内でのコミュニケーションをくり返すことによって、特定の信念が強化されてしまう現象）ですね。この場面にどこか似ている感があります。対話でなく、似たような考え方の取り巻きに囲まれ、いわば自問自答が延々とくり返されて、自分の言説だけが自分を取り巻く世界に反響していく。

ヤマザキ　そうなんですよね。

中野　死という終わりが用意されているだけまだ、ネロはましなのかもしれません。今われわれは一応国民主権の国に住んでいます。ネロは死ねばそれですみますが、国民という集団には死がない。間違ったらそのつけを未来永劫、自分の子孫たちが自分で払うという。

ヤマザキ　そちらのほうが過酷です。

中野　そうなんですよ。しかもどこにも逃げられないですしね。

ヤマザキ　追い詰められている感がすごくありますね。

中野　それなのに民衆の自覚のなさがすごいんですよ。

ヤマザキ　自覚のなさは「逃げ」ですか？

中野　逃避、ありますよね。問題を回避するという防衛心理……。

ヤマザキ　人々の、問題の本質と向き合おうとしていない兆候は、社会のあらゆる方向に視線を向けても感じられます。

私に触れるなッ
おまえらは皆クズだクズクズだクズだクズだクズ
ごめんよう……
ああ…最高だ
畜生
出て行けよホラ！
どうしてなんだよォ
そんな事くらいわかってんだろ？
母上母上母上母上母上母上母上母上母上
生まれた事を後悔させてやるッ！

ふざけんな!!
死ぬ覚悟はついてんだな?
アハハハハハハハハハハハ
ポッパエアアアアアアアア
私を無能者のように扱うなッ
お前なんかに何がわかる
このおろかものめ
クソが!
死ね

中野　先送りにすれば当面はホッとできるという。それですんだことになってしまう怖さがあります。

ヤマザキ　それがいちばん怖い。押し入れに何でもいらないものを適当に詰め込んでいるみたいな怖さ。うっかり開くと雪崩《なだ》れてくる。

中野　言い得て妙ですね。たとえば著名人がバッシングの犠牲になり、誰かひとりが亡くなると、民衆から自然発生的に起きた暴行がいったんは収まるように見えます。しかし、また同じことがくり返されてしまいます。ネロが同じ失敗を何度もくり返していたように。

ヤマザキ　２０２０年、ネットの誹謗中傷で追い詰められて亡くなった女子プロレスラー木村花さんの件は、本当に顕在化した例ですね。

中野　思い出すと苦いものがこみ上げます。悲しい事件でした。

「群れ」に生じる凶暴な安心感

ヤマザキ　諌められる側のネロは、嫌われているとか、失敗をしているといった自覚はなく、批難があってもそれは周りが正しく理解してくれないだけだと思っています。自分は神的存在なので、否定されるわけがないと確信している。自省なんて皆無だったでしょう。

中野　それを諫める存在がなくなってしまったことが不幸でした。

ヤマザキ　ネロを諫める存在はいたのですけど、不安に陥れられたくなくて遠ざけてしまいます。あの頑なな自分信仰はある種の精神疾患とも言えるかもしれない。

中野　ただ、これを民衆というかたちに拡張して考えると、たしかにみんな自分が悪いとは欠片《かけら》も思っていないのですよね。むしろ犠牲者だと感じている。しかも、諫めようとする自浄作用を持つような言説を嘲笑っているようにすら見えるんです。ぞっとしました。

　木村花さんのことでも、ネットでの誹謗中傷が社会問題化して法的措置も辞さないという有名人が増えてきたと知るや、死に追いやった人たちは後悔より先に「弁護士に『自分が特定された場合に負わされる可能性のある責任』について聞いた」と。そこですか!?　もう本当にこれはぞっとしました。

ヤマザキ　そんなに自分の存在が不安なんだろうか。これはやはり、個人の発言として責任を伴う中傷ではなく、群れとして一体化しているから特定できないだろうという、凶暴な安心感による行為ということになりますか？

中野　おっしゃるとおりだと思います。集団が個に優先する現象に飲み込まれているんですよね。

ヤマザキ　エリアス・カネッティという作家兼思想家が、『群衆と権力』（法政大学出版局、新装版、岩田行一訳）という本に、「群衆の内部には解放と平等が存在する」と書いています。つまり、人は群れることで得られる解放感に安堵と幸福を感じる、それによって単独なら踏み込めない大胆なこともできるわけです。

中野　オキシトシンとセロトニンですね。「仲間」といるとオキシトシンで安心感が得られ、さらに、安心な環境にいることでセロトニンが不安を打ち消す……。

ヤマザキ　まさしく。カネッティの時代には、当然のことながらまだネットというものがありませんから、別のいくつかの現象からいたった考えなんでしょうけど。

中野　カネッティは脳科学なんて知らなくても、経験知から指摘していたんですね、この現象を。鋭い。

ヤマザキ　この人は、実はとても興味深い出自の人でして、ブルガリア生まれですがスペインにいたユダヤ人のロマと呼ばれる種族の血筋で、その後オーストリアのウィーン大学に進学後、ナチス・ドイツの侵攻におけるユダヤ人迫害を逃れるためイギリスへと渡りました。でも書き物はドイツ語なので、ドイツ文学やドイツ思想にカテゴライズされています。要するに民族的な意味でも、国家という意味でも、どこにも帰属しない人なんです。

中野　まさしくコスモポリタン的な来歴があるんですね。なるほどこれは集団を外から見るのに適した属性というか。

ヤマザキ　この『群衆と権力』は、本人も「人間の群れの観察記録」と前置きで言ってますが、そこまで俯瞰視できるのはやはり彼に帰属の意識がなかったからなのでしょう。

中野　カネッティは自覚を持っていたんですね。

自分の空洞を埋めるための正義

中野　群れの中ではある意味凶暴な安心感を得られる一方で、自分の空洞を埋めるために正義を使うというのも、その矛先がどこに向かうのかを考えるとなかなか恐ろしいものがあります。新型コロナは未知の部分の多さがまた脅威でしたから、その不安が空洞のある人の無力感をより強めてしまうことにつながりました。それを埋めるのは正しい知識とか慎重な振る舞いくらいしかなかったはずなのですが、誰かを責めて自分が正義側になることができたり、一時的に称賛されたりすると、これは麻薬的に働いて瞬間的にその不安を忘れられるんですね。強いお酒をあおるみたいな感じでしょうか……。何か人間として冷静に考えたり振る舞ったりする余裕を奪われているようで、すごく嫌な気持ちになります。

ヤマザキ　今世界中で起きている暴動もそういうことですよね。みんな、正義になるチャンスを虎視眈々《こしたんたん》と狙っていたかのように。

中野　全然関係ない、あまり問題への理解がないのでは、と思われる人までBLACK LIVES MATTER（アフリカ系アメリカ人から端を発した、黒人への暴力や人種差別の撤廃を訴える国際的な運動のこと）とインスタに上げるのはちょっと、と思いました。もちろん重要な問題ですし、関心が高まるのは基本的にはよいことですが、あまりに、自分が正義側にまわることの快感の罠に無防備であるというか……。かえって軽薄であるようにも見えてしまい、これはファッションなのかな？　と引く気持ちが生まれてしまいました。

ヤマザキ　人類平等を掲げればみんな正義になる。こんなこと言うと批難されるだろうけど、どこか短絡的で安直な情動性を感じてしまいます。

中野　本当ですね。そんなに人権意識が高いのなら身のまわりにある日本の差別構造をまず何とかしてはどうかと思うのですけれど。正義のために何かをしている自分が気持ちいい、正義のためなら何でもいい、と思考停止しているようで……。

ヤマザキ　結局、ここで群れて正義を翳《かざ》したところで、革命でも何でもそうですけど、ただ大雑把に糊でその時々の亀裂を覆うみたいなことにしかならないと思うんですよ。怒りと欲求不満と正義って一体化してしまうもんなんでしょうかね。

中野　俺たちは正義だから俺たちが気に入らないものは悪、という考え方が根底にあるようにも見えて、怖いのです。だから、何をしてもいい、と無条件に自分の行動を許してしまうのだとしたら、みんなのための「正義」が、脳で正常に働いていたはずのブレーキをいつの間にかオフにしてしまう。群衆の熱狂の中、犠牲になった人たちはいわばそうした機構の犠牲者だったのかもしれません。

なぜ、日本では陰湿な炎上が起きるのか

中野　現代のネットでくり広げられる論争は、古代ローマの剣闘士の試合を楽しむ民衆を連想させます。いわゆる「論客」と呼ばれる人たちは、まるでグラディエーターのよう。見世物的な要素を多分に感じます。

ヤマザキ　たしかに、ヴァーチャル・コロシアム。アジテーションで生命力を感じる、みたいな傾向は、コロシアムでの殺戮競技を観賞する人たちにもあったのと同質でしょう。

中野　ツイッター・コロシアム……。

ヤマザキ　たとえばですが、戦争に出兵して毎日死と背中合わせな心地を味わったり、自分

たちの暮らしていた地域が爆撃を受けて焼け野原を体験して生き残った人たちが、みんなコロシアムの殺戮競技を積極的に見に行きたくなっていたかどうかは疑わしいところです。

中野　たしかにそうですね。むしろ苦しい記憶を想起させられそうです。

ヤマザキ　古代ローマ時代も、戦争が激しくなったり、情勢が乱れてくるとコロシアムでの催し物は行われなくなります。逆に安寧だと、コロシアムで行われる歴代の有名な戦争の模倣バトルとかやるのを、みんなが見に行く。ポエニ戦争模倣戦とか。

中野　これは興味深いですよね。戦争したいのかみんな。人間は本質的に戦う生き物だということか。

ヤマザキ　生きるうえで積もるさまざまなストレスや怒りを、コロシアムのイベントで解消していたんじゃないでしょうか。でも戦争中はそういったストレス解放の必要性に迫られない。迫られている場合ではない。

中野　戦争中、たしかにそうですね。しかし、平和になると戦いの場を奪われるため、正義中毒者が湧いて出ると……。どうしたらいいのか。

ヤマザキ　生命力を感じたいんですかね、動乱を起こすことによって。

中野　血湧き肉躍らせるものへの抑えがたい希求があるということですね。

ヤマザキ　そもそも古代ギリシャでのオリンピックというのは、戦争の肩代わりとして考案されたものです。それ以前に、神に捧げるための神事としての祭典でもあったわけですが。

中野　ネット炎上のことを「祭り」と言うのも、実に寓意的であるように思えてきました。

ヤマザキ　戦争も人間同士の殺戮という問題を省けば、山車《だし》や踊りで勝ち負けを決める祭りと同様の大騒ぎにはかわりない。

中野　祝祭がうまく機能していないからランダムに生贄が選ばれるんですかねえ。これは宗教不在の時代の病理なのでしょうか。

ヤマザキ　宗教があれば……、たしかに、イタリア人のようなカトリックの倫理観に紐づいた生き方をしている人たちは、どこかで慈愛という、他者を慮るスイッチが入ります。彼らはデフォルトの状態であのキリスト教的倫理を備え持っている。唯物論者であっても。

中野　それは価値のある仕組みですね。

ヤマザキ　長きにわたる多神教の時代を経て、利他的倫理を人々に根づかせることによって、群れとなってもごく自然にまとまることができる、という仕組みを学んだんじゃないでしょうか。それが潜在しているので、イタリアでは日本ほどのレベルの恐ろしい陰湿な炎上は起こりません。

中野　そのコードから外れなければ、生贄にはならない、というわけですよね。外れたら漏れなく死ぬけれど。日本のコードはもうめちゃくちゃですよ。

ヤマザキ　秩序がないですからね。

中野　宗教があるほうがまだマシと思えます。昨今は、有名無名問わず何でもかんでも生贄にされてしまう。コロナ禍の最初期からそれは始まっています。ダイヤモンド・プリンセス号の乗客のうちには、発症もせず陰性であることがわかっていたのにもかかわらず地元で話題になりすぎて引っ越しせざるを得なかった人もいたといいます。

ヤマザキ　イタリアでは、感染で亡くなった人はみんな実名で新聞のお悔やみ欄に掲載されますし、追悼として顔写真が出ている人もいました。集合住宅の隣の部屋に暮らす人が陽性となっても、ベランダ越しに「自宅隔離も大変だね、で、今日は気分どうなの、大丈夫？苦しくなったら言ってね」なんて普通に会話している。何なんでしょう、この差異は。

中野　祝祭の構造が機能不全に陥っているのに人間は変わっておらず、生贄が必要だから誰でも標的になるというのを、日々目の当たりにさせられるようでした。

ヤマザキ　どんな理由にも、生贄としての標的になる要素が潜んでいる。

中野　私がたとえばトイレで手を洗わなかったとして、その場面を仮に書きたてられたとしたら、それだけで炎上しかねないですよね。

「群れに害をなす」というレッテル

ヤマザキ　日本では病気になると群れの脆弱化を導きかねないから「恥」となり、疎外される、という傾向が、もし他国と比べて感染者数が抑制されている理由なのだとしたら、すごいですね。クルーズ船に乗っていただけで引っ越した人もいたようですが、犯罪者の家族さながらじゃないですか。福島の原発被害で他の地域に移住した人たちも同じ目に遭われたようですが、日本における〝世間体〟のジャッジはどこまでも厳しい。

中野　人道的にはいかがなものかと思いますが、大局的な視点から見れば、日本では、そういった社会の仕組みが意外に有効な側面もあるのがまた問題を複雑にしていますよね。本当に犯罪者と同じ扱いになってしまうのは苛烈すぎるようにも見えますが。群れに害をなすという観点から無自覚に起こる反応で、間接的に人々にルールを遵守させるという効果を持ちます。

実際、これは朝日新聞の調査で、「感染したら、健康不安より近所や職場など世間の目の方が心配」という気持ちに、「とても」と「やや」そうなったという人を合わせると67％になったとありました。しかも、「自粛要請中に外出して感染したら責められるのは当然」という気持ちに当てはまる人も「とても」と「やや」で77％だったのです（2021年1月10日朝刊）。

ヤマザキ　海外ではそうした〝罪深き人々〟である感染者が、自分で動画撮って、病状をYouTubeにアップして、「いいね」されたり、励まされたりしています。

中野　第一波のころ、感染者受け入れホテルへの放火もありました。コロナ、村八分問題と検索してみると、岩手県花巻市の転居仮住まい焼死事件、愛知県・医療関係者の子どもの登園自粛要請、愛媛県新居浜市立小学校が長距離トラック運転手の子どもに登校しないよう求めた、など多くの事例があがっています。

ヤマザキ　わかりやすい。やっぱり日本が他の国より感染拡大しないのは、感染すると、村八分にされてじわじわと殺されるというリスクが潜在意識にあるからかもしれない。

中野　村八分のリスクへの恐怖は、他国の比ではないかもしれない。本当に嬲《なぶ》り殺しに遭うのではないかという怖さがあります。

ヤマザキ　怖い怖い。

中野　特に日本における正義中毒の苛烈さを、多くの人に知ってもらって、少しでも人々が抑制的になれるといいんですが。

ヤマザキ　彼らの正義の根拠が、群れ・集団の脆弱化を防ごうという意識に紐づいたものだとすると、それは倫理的な性質を持たない「正義」ってことになりますよね？　民主主義的な要素もないし、ある意味独特な「正義」ですよね。

中野　確かにそうですね。そもそも「正義」は本当は日本語じゃないですよね。日本語では、私たちが「正義」とここまで呼んできたものは、もっとニュアンスを正確に言えば「世のため人のため」かもしれない。

ヤマザキ　宗教でもない、法でもない。要するに世間そのものが戒律になっている。

中野　そうですね。「自分よりみんな（群れ）を優先」するべきだという感覚のことですよね。

ヤマザキ　家族という組織よりも社会が優先。だからいじめに遭った子どもがお母さんにそれを伝えると、まず先に何を言われるか。「いじめられるようなこと、何かしたの!?」

中野　まさに！　先生方の中にもそうおっしゃる方が少なくないようなことも耳にしますね……。

ヤマザキ　親は子どもでなく世間の味方についてしまう。

中野　日本の大人たちは「お前にも原因がある」と言って、いじめられた側、排除された側の子どもを責める傾向がありますね。東アジア5都市（東京、ソウル、北京、上海、台北）で3〜6歳の子の母親へ「子どもの将来への期待」などを尋ねる調査がありました（ベネッセ次世代育成研究所『幼児の生活アンケート：東アジア5都市調査2010』）。その設問のひとつが「将来どのような人になってほしいと思うか」というもので、東京は65％以上が「他人に迷惑をかけない人」と回答しました。でも、その他の都市は多くても25％程度だったのです。親が子に期待するものの差異が、非常に興味深いデータとなっています。

ヤマザキ　なるほどね。

ファッション化する「正義」

中野　「世間」という戒律がある一方で、誰か有名な人が過剰な「正義」のバッシングによって亡くなっても、その人が亡くなったことすら、言い方は悪いですが、ファッションのように扱って、自分が正義の側にまわろうとしているような人があとからあとからやってくるように思えます。本当にその人のことを悼む人はどれほどいるのだろうかと……。

ヤマザキ　そうかもしれません。アメリカの暴動のノリもそうですけど、当事者の死に対してよりも、世間に対して抱いていたもやもやの鬱憤《うっぷん》を晴らす波が来た！　みたいな印象を受けました。

中野　本当に悼むのなら、もっと多くの人が共感的に振る舞うようになってもよさそうなものですが、実際にはあまりそうなっていないように思います。

ヤマザキ　ヴァーチャルな出来事だからでしょうかね。

中野　そうなんでしょうね。そうでないとバッシングなんて、公の場に書き込めないと思います。遺されたご家族はそっとしておいて、という場合も多いのです。

ヤマザキ　死が表層的に利用されてしまった感じですね。

中野　悲しい死も「祝祭」に利用されてしまう。この現象に着目すると人間の集団が凶悪な獣の群れのように見えてきます。

ヤマザキ　リアルな現状としてではなくて、ゲームの中でキャラクターが死んでしまうのと同じ感覚でしか受け止めていない人もいそうです。

中野　そんな感じですよね。少なくともアニメのキャラクターが死ぬくらいには思ったのだろうか……。

ヤマザキ　想像力が顕著に欠乏していますね。これはこの件に限らず、人間の全体傾向として。

中野　その想像力を豊かにするような何かを提供できるといいんですが。

ヤマザキ　古代ギリシャ人の発想をお借りして、地域で簡易運動会かなんかやればいいんじゃないですか。地域で月に一回ストレスもやもや発散運動会。みんなで綱引きとか。

中野　いくつか方法は考えられますよね。芸術祭もそのひとつかもしれない。旧来の宗教はなかなか活力を持って機能させることは難しいし、地域コミュニティも都市部ではほぼ壊滅状態ですから地域の祭りも効力が限定的、もし新しい効果的な何かを考えついたら革命的ですね。多くの人を救えるかもしれません。

ヤマザキ　でも、暗黒の中世時代でも宗教や世間の圧を潜り抜けて、古代ギリシャ・ローマ時代の思想哲学や、科学的解釈は排除されずに、どこかで残され続けてきたわけですから。

中野　そうか、そういう人が周期的に登場しますね。ガリレオやコペルニクスのような人が。

匿名で解放された日本人

ヤマザキ　実は最近、私の記事を「クソ記事」と拡散した人物に対し、めずらしくツイッターで引用リツイート拡散してしまいました。やらなきゃいいのにと思いつつ、私の書くことしゃべることがすべてでたらめみたいなことを拡散されていたので、思わず黙っていられなくなった。

「ヤマザキさん、バカだね。相手はかまってもらえて大喜びだよ」と友人に言われましたけど、私は何か批判したい事柄があるのならはっきりと、素性が明かされた状態で理由を説明してもらいたいわけですよ。怒りは10秒待てば治まるとかテレビでやっていましたけど、治まりませんでした（笑）。

中野　その人の動機は、何だったんでしょう。

ヤマザキ　さあ。前にも私の何かの発言に食いついてきたことがある人です。

中野　ええっ、そういうことですか。

ヤマザキ　私も普通だったらスルーなのですが、その日はなぜだか情動にあおられてしまい（笑）。匿名の凶暴性というか、何を言っても許される的な姿勢が耐えられなかった。でも、それを忠言しようとした私にも、正義のスイッチが入ったってことになりますね。とにかくツイッターは自分には向いてないとわかったので、今は事務所に任せて見ることもなくなりました。

中野　伝染するんですよね。こちらのほうが正義！　とどうしても思わされてしまうという思考の罠のようなものがあって。
ヤマザキ　それにひっかかったんですね、私は。
中野　なんかもう、日本と韓国をめぐる問題についてのやり取りも同じで、もはやある種のテンプレと化している様相ですが、伝染性の病のように見えちゃうんです……。
ヤマザキ　まったくです。
中野　まったく前向きでも建設的でもなく、とりあえず韓国は内政をなんとか治めるための道具に日本叩きを行っているにすぎないとも言われていますし、日本は日本でネトウヨ層の支持を固める道具にするというか……。
ヤマザキ　馴れ合いになっていて痛くも痒くもなくなっている感があります。ヒトの社会は技術的進歩をいくら遂げても、メンタリティの面では遂行がなされていないというしかないでしょう。
中野　そうですね。人間の学習のほうが技術の進歩より遅いのでしょうね。
ヤマザキ　フランスの思想家エドガール・モランが「技術進化で生まれた野蛮がある」と言っているのですが、そこでは〝匿名〟という野蛮に潜む凶暴性についても取り上げていました。とても興味深い洞察でした。

中野 匿名という野蛮。毀誉褒貶《きよほうへん》のある人ですが、心理学者のジンバルドーが説いているのと同じですね。

ヤマザキ やはり〝匿名〟については、じっくり注視する必要性がありそうですね。

中野 匿名性を付与すると「悪魔」になるという心理効果を、ジンバルドーは主張してます。

ヤマザキ 先ほどの、有名人バッシングの件で書き込みをした人たちが急に弁護士に「自分が特定された場合に負わされる可能性のある責任」を相談するようになったあの心理動向とつながります。でも大問題にさえならなければ、匿名は普通そこまで追い詰められない。

中野 そうなんですよね、提訴などされない限り逃げ切り戦略が可能になるので。

ヤマザキ 倫理というのは、人間を追い詰めて破綻させせないための得策ですよね。

中野 逃げ切りができない時空間では、自分の言動に責任を持つ必要がありますが、逃げ切りが可能ならその責任がなくなるんです。日本は基本的には地理的、社会的な制約から逃げ切りが困難な国でした。ネットができる前までは。共同体から排除されることは、死よりもつらい、蔑まれながら苦しんで生きねばならない人生を送るということを意味していました。

ヤマザキ　でもネットで解放されてしまった。排除から免れられる術《すべ》となった。

中野　そうすると、ネットの言語空間が発達しますよね。

ヤマザキ　発達どころか、暴走してますからね。

中野　日本はある集計では、単位時間内にリツイートされる情報量は世界一なのだそうです。SNSを利用する国では日本以外はフェイスブックやインスタグラムが利用率1位なのに、日本が唯一ツイッターが1位だということです。

ヤマザキ　イタリア人とかは、だいたいツイッターは文字の書き込み数が限定的で面倒だ、言いたいことが言い切れない、といってやらないですね。日本人は俳句魂があるからぴったりくるんですかね（笑）。何より、ふだんからSNS上でも自分の人格丸出しで言いたいこともすべて言語化して相手と討論、みたいな弁論体質が染み込んでいる人たちには、SNSで匿名を使って別人格を装う必然性がないんですよ。文字数を制限されることも含め、彼らがツイッターにはまらないいちばんの理由はそこなんでしょう。

一方日本では、言論の自由とか言われつつも〝世間体〟の戒律に縛られる中、狂犬病の犬を野放しにしているような傾向が顕著になりつつある。実際会うととても静かで謙虚な人が、ツイッターになると完全に別人格化しているのを目の当たりにしたこともあります。

中野　基本的に日本のネット民は、実名制のフェイスブックでもインスタグラムでもなく、匿名のツイッターを好むというのが興味深いですね。

ヤマザキ　だから、排除対象にされたくないけど主張や承認欲求は旺盛だということですよね。

　ツイッターの性質は結果、世界各国でまったく違ってくると思うんです。先述したように、家庭では家族がみんなテレビを見ながら批判論を交わし、小学生のころから弁論や口頭試問に慣れさせられ、要は自分の考えや意見を言語化して人前でまとめてしゃべるという教育がなされている土地では、匿名で人格を変え、ふだん言えないことを言えるツイッターは普及しないんですよ。

中野　あまりときめかないんですね。

ヤマザキ　言いたいことをふだんから言語化している人たちには、全然ときめかないでしょう。日本では多くの人がお酒を飲まないと本音を言えないようですが、あの感覚に近い。

中野　ちゃんとしたやり取りはしにくいですしね。軽い言葉あそびみたいなやり取りには向いているんですが……。

ヤマザキ　政治家がよく利用するのも、批判や論議の場としての進展がなせない場だから都合がいいんじゃないでしょうかね。文字数限定であってもインパクトのあるプロパガンダには理想的なツールだし。古代ローマ時代の壁の落書きと同じだ。壁には人がパッと読める文字数のものしか書かれませんから。

中野　フェイスブックのほうがきちんとした文を投稿しなければならない感じがしますね。

ヤマザキ　自分をあれこれさらけ出さなければならないフェイスブックは嫌いだけど、ツイッターは好き、という人もいますよね。

中野　実名制が重いなど、ちょっと高齢者層向けだと感じるのでは？

ヤマザキ　ツイッターの匿名性に自由と解放感を覚えてしまうんでしょうね。それで普通に別人格を楽しむ人もいれば、おおいに凶暴になる人もいる。

中野　ああ、それは、できる限り接触を回避したいところです。

ヤマザキ　ちなみに、実際お会いしてしゃべる分にはとても相性がいいのに、ツイッター上だと避けたくなる人もいる。カーニバルで変装をすると大胆になるというあの感覚に近いかも。

フェラーリで上がる男性ホルモンの値

中野　誰にとっても自分が大事というのは生物の基本原理ですし、そうでなければ現在、生き残っていない可能性大です。でも、誰にとっても自分が大事だから、他者を傷つけないでおこう、そこの思考のジャンプができる人とできない人がいるのですよね。

ヤマザキ　車の運転で人格が変わる人がいますけど、ツイッターも似ています。

中野　似てますね。たとえば、あおり運転などの報道を見ていると、免許を持っていても運転するのが怖くなります。アバターを使った実験があるのですが、自分のアバターを変えるだけで、自尊感情が向上するというのがわかっているんです。また、高級車のほうが違反が多いというデータもありますね。フェラーリとカローラとを比べると、フェラーリに乗るほうがテストステロン値は上がるとわかったのです。

ヤマザキ　自尊心が誇大化するんですね、わかる。車も甲冑ですから。

中野　男性ホルモンの値が上がって、攻撃性が増してしまうんですね。たぶん昔の武将などは、名の知れた甲冑を身に着けるだけで人格変容する、ということもあったのではないでしょうか。

ヤマザキ　フェラーリだとまたみんな振り返りますしね。承認欲求の顕在化。

中野　今だと高級時計とか、トロフィーワイフなどですかね。

ヤマザキ　トロフィーワイフ、トロフィーハズバンド。まったく同じこと考えていました。

中野　(笑)。月並みですが、やはり人間は物質的に満たされるとどこか病んでしまうのですかね……。コロナ禍が起こって、実は、こういうことを客観的に眺めることができる時間が増えたことは、現代人にとってまさに立ちどまって考える時間を与えられたという意味では、よかったと思うんですが。

ヤマザキ　ひとつの共通した問題を、世界のすべての国々や人々が同時に抱える機会など滅多にありません。安泰な時間が多すぎても問題ですが、足りない分にはいろいろなことに気がつくチャンスがもたらされる。

中野　足りないとより知的になる人と、足りないとパニックになり、より鈍ってしまう人の両方がいますね。ただこれも、文化と教育のリソースが豊かであれば、前者の人をより増やせると思うのです。必ずしも物質的に豊かなことが幸福にはつながらない具体例として、古代ローマは大きな実験データになっているんですね。

息苦しさが表の顔と裏の顔を作る

ヤマザキ　もがき苦しんでいますよ。それは食文化にも現れています。たとえば、帝政期のパクス・ロマーナの期間などは飽食の時代でもあり、お金持ちはフラミンゴの舌や雌豚の乳房とかを高級珍味として食していたりするわけです。

中野　古代ローマにおける食のバブルですね！

ヤマザキ　食のファンタジーがえらいことになっていました。でもそういった豪勢な宴を開きながら、食べたものは吐き出すわけです。なぜかと言うと、食欲のために食べているわけではなく、味覚を満たすのが目的だからです。

中野　栄養をとるためじゃなく、エンタメや癒やしのために食べるんですね。

ヤマザキ　そういうことです。盛りつけも視覚を刺激するものでなければならないから、突飛もないような有様だったらしい。鴨の腹を裂くとウナギが出てくる、みたいな……。

中野　摂食障害や過食嘔吐の人が多く出たでしょう。

ヤマザキ　古代ローマの社会や経済を考えると、多かったと思いますよ。

中野　この時代は痩せているほうが美ですか？

ヤマザキ　いえ、痩せているのが美しいとは思われていません。女性で言えば、痩せていると貧相、つまり貧しいということになります。現代でも発展途上国の中にはグラマラスさが求められる傾向が強いところもありますけど、同じですね。肥満については、太って貫禄を見せたい元老院とかのおっさんたちには許されても、若いうちはやはりメンタルバランスの失調を表すことになってしまうので、運動もしているという証拠としてそこそこ筋肉がついた均整のとれた体が求められた。

古代の彫刻を思い出してみてください。女性は痩せすぎず、太すぎず。男性もいいあんばいの筋肉がついています。古代ローマで大事なのは、「バランス」です。何ごとも均等の調整がとれない人は自己管理が下手と見做されます。

中野　ローマの理想の型を追ってみる試みは面白いですね。その理想が独り歩きして、人々を苦しめたりもしていそう。現代と同じように。人間にはダメな部分や裏の部分もあるのに、その部分を認めない理想によって、表の顔と裏の顔が乖離《かいり》します。表は輝かしい皇帝、裏はいつも不安で自己の欠落におびえる。心理的にグレートマザーに依存し、闇を抱えてしまう理由のひとつがここにもあったのですね。

ヤマザキ　人文、運動、芸術すべてバランスを整えられない人はエリートとして認められません。ネロもこの圧力の犠牲になっていたと言えますね。

中野　興味深いですけど、なんと息苦しい社会でしょう。

ヤマザキ　息苦しいですよ、だから奴隷だったほうが気楽だったと思います。

中野　エリート層から脱落する恐怖というのはやはりあったのでしょうか。

ヤマザキ　ありましたね。皇位継承は世襲だったりそうでなかったりと時期によって変わりますが、階級社会ではありますから、貴族はしょっちゅう権力者に媚び続けていなければなりませんでした。脱落すれば、普通の市民か、それ以下の生活が待っている。経済も馬力があった反面、競争も激しく、行き詰まってしまう商人や実業家もいました。

中野　格差が大きかったんですね。

ヤマザキ　今の資本主義社会とかなり近い社会だったと思いますよ。当時はまだ命の尊さや慈愛を訴えるキリスト教の教えが広まっていませんから、自殺は悪いことではありません。死の選択は自由でした。だから行き詰まったり、名誉を失った人は苦悩からの解決策として自殺を選びます。

中野　あ、ちょっと日本ぽいです。

ヤマザキ　似ているんですよ。

キリスト教と仏教の救済の違い

中野　その土壌にキリスト教が広まったというのはなかなか不思議に思えます。よほどのことがないと広まらないのでは。

ヤマザキ　第一段階はパンデミックですね。人々は脆弱になると、インパクトのある言論ができる人物か、または宗教にすがろうとする性質があるようですから。

中野　日本でのキリスト教は、今では明治のころのエスタブリッシュメント層の一部が信仰してややブランド化されているようなところもありますけど、江戸時代は隠れキリシタンの受難に代表されるように、それこそカルト扱いをされていました。

ヤマザキ　実は私も漫画で、カルト感盛り込みまくりで描いています。ネロの治世ではまだ一部の熱狂的な信徒集団でした。それが、その後の天然痘やペストのパンデミックによって、もうどこに何を頼ったらいいのかわからない民衆は、キリスト教の説く「慈愛」に流れていった。最初は紀元2世紀のアントニヌスのペスト、その次は紀元3世紀のキプリアヌスの疫病のときです。

まず、キリスト教信者が見捨てられそうな患者への介護を惜しまなかった様子に感動した人が多かったことと、死者が焼かれている様子がキリスト教の説く地獄の様子そのものだった、といったことがキリスト教信者を増やしたきっかけになったらしい。

中野　現世を否定するのは仏教だと、浄土宗にその傾向が濃く見られます。阿弥陀様におすがりし来世で幸せに、というパラダイムは、キリストを信仰して天国で幸せに、という思考のかたちと似ています。平安末期から鎌倉時代には疫病が大流行し、念仏を唱えると浄土に行けるといって救いを求めた。ただ政権には都合が悪い。人口が減れば税収も減るからです。生きて税金を納めてくれよ！　と為政者は考えますからね。

ヤマザキ　キリスト教と仏教の違いがよくわかる絵巻があります（１２１ページ上段参照）。これはテレビの美術番組で美術史家の山本聡美さんがご説明されていたんですが、室町時代後期の『融通念仏縁起絵巻』という史料の中では、鬼のような姿になった疫病に、念仏道場の門番が念仏を唱えている人のリスト（巻物）を見せ、この人たちには悪さをするなと言っている描写があります。疫病はそれに「よし、わかった」とサインをして引き下がっていく。

一方同じページ下段の絵は、14世紀に大流行したペスト（黒死病）のときに、疫病の媒介はユダヤ人のせいだとされて焼かれるユダヤ人が描かれています。

中野　交渉とサインvs.暴力的な制裁の見事な対比ですね。
ヤマザキ　日本と欧州における、疫病とのかかわり方の差異が比較できます。ユダヤ人の表情を見ると、みなさん結構冷静に焼かれていますけどね。
中野　社会的排除がこの時代から絵に残されているとは……。
ヤマザキ　社会が脆弱になれば念仏信仰がはやったり、キリスト教の力が増したり、ヒトラーやムッソリーニのような雄弁な人間に傾倒したり、弱ってくると自分の頭でものを考えることを放棄して他者に縋る人間の性質が、こうした美術作品越しにも見えてきます。

攻撃する側の脳内を満たす快感

中野　面白いですよね。人に従う人のほうが生き残っている、とも見えます。平安時代に藤原純友や平将門が出て政権を倒そうとしたこの時代、けっこう支持を集めますが、でも〝命〟を革《あらた》めるまでにはならず、源氏が天皇家から命を下されるかたちで政権を担うようになった、という不思議の国が日本です。
ヤマザキ　たしかに、歴代の政治体系もどこかガラパゴス化していたような印象を受けます。

念仏道場の信者の名簿にサインする鬼の姿をした疫病
『融通念仏縁起絵巻＿巻下＿本文19』藤原行秀・藤原行広・粟田口隆光、清涼寺所蔵、画像提供：東京国立博物館　Image: TNM Image Archives

疫病の媒介者という罪で火刑にされるユダヤ人
©The Granger Collection / amanaimages

中野　地理的に隔絶されているとこういう感じになるのかもしれませんね。人に従う人のほうが生き残るのか、人に従わない人のほうが利得が大きくなって子孫を増やすのか。このバランスがどっちに寄っているかで、いわゆる国民性がどちら寄りになるのか決まってきそうです。日本のように災害が多発し、人が死にやすい国だと、従う側に寄るのかもしれません。死ににくい国（またはどこかへ逃げることが容易な国）だと、従わない側に振れるのでは？

ヤマザキ　利得というのは経済的ということですか？

中野　広義では、そういうことになります。心理学ではSocio-Economic Status（SES）、日本語では社会経済的地位という尺度を使うのが一般的です。SESが高い層には、社会性の低い人が平均よりもかなり多くいることがわかっています。

ヤマザキ　スティーブ・ジョブズのように、人に従わない人のほうが利得が大きくなると。

中野　そうです！　けれど、いわゆる有名税とか言われているものが、彼らを苦しめる。そういうリスクもあるわけですよね。失敗したときにも、水に落ちた犬をさらに叩くみたいな攻撃を受けることも、覚悟する必要があります。災害が多くてリソースがもともと乏しく、逃げ場のなかった日本では、こういう人はあまり生き延びられないかもしれません。藤原純友や平将門が失敗したように、政権を完全に奪うことに成功した例も皆無です。

ヤマザキ　この有名税という言葉は、どこかに救いがあるように一般的に捉えられていますけど、亡くなる人まで出るようになりました。

中野　どう考えても攻撃する側が悪いに決まっていると思いますが、相手が亡くなるまで、そのひどさに思いいたらないいんですね。

ヤマザキ　私も漫画がヒットしたあとにいろんな目に遭いましたけど、そのとき、身近な人が「有名税だと思えばいいじゃん、売れないより売れたほうがいいし」という言葉でまとめようとするのに、すごく残念な、想像力の限界を感じる違和感を覚えました。

中野　「つらかったね、何も悪いことをしていないのに」のひとことがなぜ出ないのだろう。くり返しになってしまいますが、怖いのは、攻撃している最中には自分が悪いとはみじんも思っていないところです。そのとき、攻撃する側の脳では自分のことを客観的に見る機能がオフになってしまっています。

ヤマザキ　自動的にオフになるんですかね。

中野　そうなんです。また、「正義」のような大義名分があると、気づかないうちに、オフになってしまう。

ヤマザキ　そのときって脳に何か分泌物が出ているんですか？

中野　脳の快感を覚える部位を刺激するドーパミンです。「自分は正義！　あいつは許せん！」と。

ヤマザキ　中野さんは自分を正義だと思ったことってありますか？

中野　いやー、自分のことを「正義」と思い切るというのはちょっと恥ずかしくて……。

ヤマザキ　私は正義というのか「もっと深く考えて発言してほしい！」と憤ることがあり、先ほどのツイッターの炎上が起こる。でも偉そうな発言をしたあとは、激しく落ち込みます。

中野　自分が正義と思ったとたんに、いや逆かもしれん、とどこかで恥ずかしさを感じて思いとどまるじゃないですか。

ヤマザキ　かもしれません。

中野　そういうオートブレーキシステムを持たない人が結構いるというのはシンプルに恐怖です。

ヤマザキ　イタリア人と違って「生まれてきてくれてありがとう」「宝物」とか言われて育ったわけではないし。イタリア留学を始めたころは結構やる気満々だったんですが、年配のイタリアの作家とか芸術家に「おまえは謙遜が足りない、自負と驕りまみれでみっともない」と水を差されまくったことも影響している。だからなのか、自分が出ているテレビは気が引けて見れない。むしろ恥ずかしい。

中野　自分の出ている番組、見るのはつらいですよね。なんかやっぱり恥ずかしいという。たとえばテレビで正論をパキッとしゃべる人を見ていると、すごいなと思う。すごいと思うけれど、自分はどうも、引いちゃうんですよ……。

ヤマザキ　下手すると、自分の漫画すら読み返せません。漫画の中でかっこいいセリフとかを言ってると「うわー　バカ！」と叫んで本を投げ飛ばします。

中野　ああ、それ、もう本当によくわかります。自分の文章を読み返すのはかなり勇気がいります。3回くらい手にとっては伏せ、お風呂に入ったりして、自分をなだめて、やっとです。ちょっと疲れて頭が働いてないときくらいじゃないと絶対読めない。

ヤマザキ　たしかに(笑)。漫画家は、いろんな人格を扱うので客観的になれるチャンスがあると思うのです。中野さんも人間の分析業だからその効果は同じだと思います。

中野　メタ認知ですね。

ヤマザキ　メタ認知って言うんですね。

中野　恥ずかしいと思うことは、自分の考えたり感じたりしていることを、客観的に認知するメタ認知によるものです。この恥ずかしいの感覚がある人だと、正義中毒になるかもしれないところを、自分自身の意思で止められるかもしれません。自分がけっこう恥ずかしい状態だよっていう……たとえばの話で言うと、不倫関係にある相手がいたとして、その人と路上でチューをするくらいには恥ずかしいと感じるかもしれません。

ヤマザキ　不倫チュー（笑）。一瞬話を逸らしますが、イタリアの感染拡大は間違いなく濃厚接触も大きな要因だと思ってます。

「得していそうな人」が生贄になる

中野　イタリアらしいですね！　リスクよりも触れ合うことを大切に思うんですね。

この、有名な人を何かにつけて攻撃するのは、生贄の構造と同じと言えます。祝祭の生贄は共同体を保つために必要ということになりますが……。誰かをやり玉にあげることによって、その他の人が団結したり、ルールを守らせるための見せしめとなったりする。昔はそういう役割の人をわざわざ用意したところもあったのではないかと思います。その祝祭の構造が地域共同体の崩壊により機能しなくなると、誰も彼もが標的になるんですね。

ヤマザキ たとえばいじめも、リーダー格の人が誰かをスケープゴートと決めて、そして周りにもその人をスケープゴートとして扱うことを強いる、というあの構図でしょうか。

中野 そうですね。『魏志倭人伝』にも、持衰《じさい》という役割を持つ人が出てきます。船に乗り込ませ、時化《しけ》のときに生贄にされるための存在です。残酷ですが……。持衰は髪もとかず服も洗わず虱《しらみ》まみれで、肉も食べず女とも交わってはならないと記述があります。

本当は専門家に詳しく聞きたいところですが、このような仕組みがないと、危機のときにもっと困ったことになったのかもしれません。つまり、あらかじめ失われる人を設定しておかないと、誰から標的になるのかと言うと、「目立つ人」「得をしていそうに見える人」から選ばれてしまう。その人は、実際には力があって、共同体のために必要な人かもしれないのに。これが、現代でいう、有名税の構図ですよね。

また、外見の異なる人も標的になりやすくなります。異質者を排除する集団バイアスがかかるためです。さらに危機が迫ると、内集団バイアスという「自分たちは無条件にすごい！」、外集団バイアスは「よそ者は無条件にダメ！」と、こういった偏りが強くなります。

ヤマザキ でもそれが社会のバランスをとるうえで必要不可欠なことなのだとすると、格差のない人類皆平等の世界などというのは完全にフィクションということになりますよね。そもそも人類から差別や格差が消えるなどと思ったことはありませんが。

中野　災害が起きるたびにこの傾向は高まるようなのです。災害が起きるごとに社会的な排除というかたちで生贄がささげられる、ということの説明にはなるでしょう。しかし、現代の世界にはそぐわないですよね、この生贄をささげるという仕組みは。

ヤマザキ　不安が溜まったり経済的に不安定になればなるほど、生贄を欲する。生贄という概念自体は本能ではないけれど、人間の文明は生贄とともにありきですよね。

中野　そうですね、もう生物としての仕組みに近いところにありますね。完全に消すことは無理なのかもしれません。しかし、何か工夫ができないものかといつも思います。差別や格差というかたちでなく、人心を安定させるための仕掛けが必要だと思います。逸脱者を自分勝手な正義に基づいて攻撃することは、恥ずかしいことだ、と自覚させる仕掛けがあるといいのですよね。抑止力としては今のところこれができればいちばんスマートです。

ただ、これを外的なルールとして定着させると、またそこから逸脱した人は排除していい、というリバウンドが起こります。「攻撃している奴は攻撃していい！　いじめている奴こそいじめられてしかるべき！」というのがその典型ですが、これが無限に続いてしまうでしょう。「冷静になろうよ」という人がもう少しいてもいいと思うのですが、あまり広がらない感じがあるのは残念です。

ヤマザキ　とにかく、俯瞰的にものごとを捉えて、人間をヒトという生き物として分析したり、冷静な発言をできる人間が少ないですね。

中野　本当に。大衆を動かすとき、古代ローマでもそういった、やはり民をあおるような言説は広がっていったんですか。冷静な発言をする人は、常に標的になりかねないものだ、という認識があります。

ヤマザキ　一方ネットで、「自分は大変冷静に今の状況を捉えています」みたいな雰囲気を漂わせている人にも、警戒したほうがいいな、というのが自分にはあります。

中野　自分こそ正義、自分こそ知性、と思っている人ほど、ブレーキがオフになりやすく、正義の快さにあっという間に人格を乗っ取られてしまう。本当の知性は、自分の正義や知性が独り善がりのものになっていないかどうかを、まず疑うところにこそ、あると思うのですが。

第4章

対談　生の美意識の力

～正義中毒から離れて自由になる

境目の人々に見えている世界

ヤマザキ　少し前まで、イタリアの家にウクライナの移民の若い女性がお掃除の手伝いをしに来てくれていたんですが、態度がとにかく悪い。しかも美人でグラマラスなうえに、いつもお尻が半分はみ出すような短パンに露出度の高いタンクトップなんか着てくるから、夫は「あの服装は目のやり場に困る」と困惑するし、貴族筋の女性で80代の大家さんも、彼女を下品だと毛嫌いしてました。

でも、そのウクライナ女性とつきあっていくうちに気がついたのは、その圧倒的な若さとグラマラスさは、男性を落とすためではなく、自らの甲冑だったということです。立場の弱い移民であっても、移民先のイタリアの男たちを振り向かせることで、移民先の女には嫉妬心を抱かせる、これが彼女のストラテジー（戦略）だったんですよ。

中野　弱者の立場にある者として、そう振る舞わされているんですね。

ヤマザキ　夫もしっかり彼女の思惑に引っかかって戸惑っていたから（笑）、効果は大きい。

中野　常に歴史につきまとう境目の民族問題ですね。境目ではやはり、ゼノフォビア（外国人嫌悪）とノベルティシーキング（新奇探索性）とのせめぎあいが起きるんですね。

ヤマザキ　実際、今のイタリアには非常に多くのスラブ系の女性たちが、特に中部から北イタリア中心に介護系の仕事のために出稼ぎに来ています。その出稼ぎ集団の中でもまた、いろいろな問題があるのだと思うんですけどね。やはり若い人たちはエネルギーがある。

中野　移民1世代目から2世代目の戦略は集団の中に存在する暗黙のルールを検知しきることが難しく、かなり粗っぽいんですが、粗っぽい戦略の人は排除する側の人からのリベンジをあまり考慮せずに堂々とヨソ者として振る舞えるというメリットもありますね。一方、3世代目以降になってくると、今度は集団になじもうとして、かえって自分たちも排除する側の論理に加担したりするようなことも起こります。

ヤマザキ　戦略は歴史の積み重ねによって形成されるものですしね。

中野　戦略としては人心を摑む技術や、いざというときにどこへ逃げても使える資産としての教育、外見上のメリットを活かすなどの方法論を意識的に磨きますね。それはユダヤ系や中国の客家《はっか》系の人々がかなりコストをかけてやっています。そして、この人は、と思った相手に投資もします。信頼のネットワークを築いておこうという戦略です。

ヤマザキ　それは芸能人と所属事務所の関係みたいなことですか。

中野　いや、困ったときに手を差し伸べて、恩義による信頼を構築するんです。この、人を見る目というのにも驚かされました。もちろん、そんなことをせず、のんびりした人もいるにはいますが、移民という立場にあって数世代にわたっている人たちには、かなり本能的に戦略を立てて生きようという意識があり面白いです。ユダヤ系で、ずっとどこにも属さず生きてきたような人は、こちらが引くくらいすごい才覚が感じられるように思います。

ヤマザキ　ユダヤ人たちはそもそも流浪の民ですからね。東欧の人たちに関しては、やはり社会主義という抑圧の時代の経験とイメージを払拭したいという焦りにあおられているような印象を感じていましたね。

中野　ソ連という強い影響力を周囲に及ぼさずにはおかない国に支配され、その前はポーランド、リトアニア、モンゴル帝国と、ずっと他民族に主導権を奪われ続けてきた地域ですね。

ヤマザキ　そういう複雑な過去のレイヤーが内在し、経済的には弱い立場であっても、結局人間は肉体と若さに勝るものはない、とでも言いたげなパワーには圧倒されます。

中野　こうした「境目の人」には興味津々です。

ヤマザキ　境目の人といえば、第3章で〝匿名〟という野蛮を見抜いたモランもカネッティと同じスペイン系ユダヤ人です。モランは現在99歳で、第二次大戦のときにナチス・ドイツがフランスに侵攻した際には、レジスタンス運動に参加しています。モランは、「地球は人類政治をするべきだ」と言っているんですが、要するに政治の中にあらゆる人間的事象を考慮することを提唱していて、役職というカテゴリーに囚われない実に多角的な視野を持った思想家です。共産党をさくっと「あの宗教」呼ばわりする潔さ。

中野 イデオロギーの虚構性に気づいたんですね、モランは。しかし、虚構がないと人間が生きられないことにも、多分に意識的ではあった。

ヤマザキ それも人間的事象ですからね。とにかく惑いを弁解で覆うようなしみったれた言い回しもないし、妥協もない。勘のよさを携えた知性の冒険家です。100歳近くなった今でも現役で執筆活動を続けているようですが、引用も振れ幅が広すぎて、何でそんなことまで知っているんですか、と開いた口が塞がらなくなる。

中野 もはやライフハックになってしまった「脳科学」に情熱を傾けることが難しくなってきたので、彼らの何分の一かでもいいからこういう知性を持った人になりたいものだと思います。また、もう現代の自然科学というのは、時代にそぐわず古いものになっていくような気がしてなりません。

今はイデオロギーよりも商業主義や売名志向が、ソ連時代のルイセンコのような科学者を産み出しかねない土壌を作っています。ルイセンコとは、エビデンスの乏しい学説によって、科学的な態度よりもイデオロギーを優先し、大変な被害を出した人物です。近年の日本で言えば、小保方晴子さんは売名志向の社会の犠牲者と言えるかもしれません。

なぜ混血児は優秀なのか

中野　境目の人には、排除の問題とセットかもしれませんが、混血児というテーマがあって、F_1世代（混血1世代目）は優秀だとか、美しいとか言われますよね？　あれは生物学的には根拠があるんだかないんだかちょっと微妙ではあるのです。が、よく言われる話ではある。説明がもしつくとすれば、以下のようなロジックが考えられるだろうと思います。

異集団同士にはゼノフォビア的心理障壁がある程度生じてしまうのは必定です。それを乗り越えるほどの魅力を持った個体でないと子を産み育てる関係としては結びつきにくい。つまり、異集団同士の婚姻はそもそも魅力的な人同士が行っていると考えれば、親世代の持っていた一定水準以上の魅力のある素因が子どもに現れるのは、それは当然なわけですよね。

ヤマザキ　それで優秀ということになるんですか。

中野 と、解釈することが可能で、そう考えるほうが自然かなと思うんです。少なくともユダヤ人はそういう行動様式をとっているように見えます。容姿を含む、持って生まれた実力のある人はそれを伸ばし、ちょっと難しい人は、人たらし能力を磨く。

ヤマザキ うちの子どももハーフですけど、親の都合でイタリアからシリア、ポルトガル、アメリカと転々とし、現地校という過酷な社会でもまれてきたせいか今では達観&諦観こそしていても、決して美男子とかそういう感じではありません。ちなみに彼の憧れの人は玄《げん》奘三蔵《じょうさんぞう》だそうです（笑）。

中野 うわあ、それは素敵ですね！ 知力、体力ともに並外れていて、それを私利でなく人類知を豊かにするために使った人ですね。

ヤマザキ まあ、そんなことはいいんですけど、彼は国籍のある日本でも、生まれて暮らした海外でも常に〝外国人〟であり、要するにアイデンティティの確定的な帰属場所がないわけです。だからこそ、なかなか一般的には得られない独特の感性やものの見方が身についているかもしれません。工学部卒ですが、数学がすごく得意で、それはなぜかと言うと、どこで暮らしていても、言語に関係なく実力を発揮できる学問だからと言っていました。

中野 境目の人であって、かつ、冷静にそうした分析のできる人なんですね。

ヤマザキ　彼もまた流浪の民的意識で生きている人間です。

中野　数学者のピーター・フランクルさんがそんな感じでしょうか。

ヤマザキ　ああ、なるほどね。数学は民族性アイデンティティの箍《たが》を払拭してくれる。

中野　自分の価値や、関係性を豊かにすることの意味を、なるべく敵を作らずどうやってわかってもらうか、という戦略がどんどん洗練されていくのだと思います。

戦わずして勝つフェデリーコ2世の戦略

ヤマザキ　神聖ローマ帝国のフェデリーコ2世は、まさに多様な人種の多様な価値観を融合させることで、政治的戦略としても文化的な側面においても、非常に大きな功績を残した人だと思います。

キリスト教が聖地イスラエルをイスラム支配から奪還するために十字軍を遠征させていたあの時期に、シチリアのイスラム教徒を擁護するようなフェデリーコ2世の姿勢は、当然教皇派の神経を逆撫でするわけですけれど、それは古代ローマ時代、領地を拡張するよりも辺境の長たちとの和解を優先させた、賢帝ハドリアヌスとその姿勢を煙たがっていた元老院との関係性にも似ています。

ちょっと下世話な情報ですが、フェデリーコ2世は後世の歴史家によって容姿端麗な王様に仕立て上げられていますが、実は身長も低く見た目としての魅力はそれほどなかったとも言われています。でも、そんな容姿は彼の実績を考えるとさほど重要ではありません。19世紀スイスの歴史家ヤーコプ・ブルクハルトはフェデリーコ2世を「王座上最初の近代的人間」「中世で最も進歩的な君主」「世界の驚異」などと称賛しています。彼こそまさにルネサンスの先駆け的な存在なのです。

それまでの中世の封建的なドイツ王（父）から、どうしてそんなアヴァンギャルドな人物が生まれたのか。彼の母親はノルマン系シチリア人で、生まれたのもイタリア半島でした。何より、彼が育ったシチリアという環境の影響は大きかった。シチリアは古代から地理的にも文明の交差路に位置する島だったため、あらゆる周辺諸国が植民地化を試み、さまざまな文化を落としていったわけです。フェニキア、ギリシャ、ローマ、アラブ、ノルマンなど、シチリアには文明のごった煮の軌跡である遺跡があちこちに残されています。フェデリーコ2世のあとも、スペイン、フランスの統治下におかれますから、軸がどこにあるのかわからない玉ねぎからっきょうみたいな構造の土地とでもたとえればいいんでしょうか。

中野　この人もまたコスモポリタン的な人ですね。

ヤマザキ　まずは自分の帰属などにこだわっていると、先に進めない風潮が当時のイタリアにはあったと思いますし、そんな意識を強固にさせたのは、やはりシチリアという土壌でしょう。

中野　ヨーロッパとアフリカのあいだというか、シチリアというのは不思議なところですね。

ヤマザキ　シチリアを人格化すると、あらゆる経験と向き合ってきた、寡黙で眼光の鋭い爺さんですね。小さな島でありながら、人類という社会的生態の性質をときにはさんざん傷つけられながら受け止めてきた土地です。

ですから、フェデリーコ2世の考え方は、そんな土地の性質に対してしっかりと馴染んでいるようにも思えます。彼の文化サロンには、ユダヤ、プロヴァンス、イングランド、イタリア、イスラムの知識人が常に集まっていましたが、シチリアに移民していたユダヤの知識人たちに、アラビア語で古代ギリシャ語などの文献を翻訳させてもいました。それぞれが持っているスキルを大いに活かすようにしていた。たとえばこのときの彼のサロンには後世にも名を留める数学者のフィボナッチがいますが、フェデリーコ2世自身も文学や数学、占星術と、あらゆる学術に興味があった人でした。

中野 こういう、万能の人の輩出される土壌があるところなんですね。

ヤマザキ 彼はその財力を、そうした文化の繁栄のためには出し惜しみしなかった。これもまた後の、メディチ家のようなフィレンツェルネサンスのパトロンとしての礎《いしずえ》になっているとも言えます。ルネサンスのような文化的革命には、やはりそれを焚きつけるパトロン自身が知性の価値の本質を根本から理解している人でなければならない。ただお金があるから好きなことやっていいよ、ではなく、パトロン自身にも高い教養と審美眼が求められるので、だから、人文系の学部は大学には必要ない、なんて言ってる要人がいるような国では、そう簡単にはルネサンスみたいな文化改革は発生しないでしょうね。

中野 知は精神の貧しい土地には育たないですものね。

ヤマザキ そうそう、このご時世なので付け加えておきますが、実はフェデリーコ2世が仕方なく遠征した十字軍の道中で軍内に疫病が蔓延し、彼も罹患します。それでエルサレムには行かずにイタリアへ戻り、サレルノ大学で衛生学に携わり、古代ローマ時代のように入浴習慣を身につけることを唱えています。

財力もあって、知識・教養もあって、しかもアクティブでカリスマ性があって、利他的で。1200年代には実はそんな人がいたわけですよ。今そういう人が現れてくれたらいろいろと世界も変わるのでしょうか。

中野　財力、教養、活動性、カリスマ、ひとつだけ持っている人ならいますけど、そのうちのふたつだけでも兼ね備える人はなかなかいないですね。フェデリーコ2世はふたつどころか、これらすべての要素を持っていたというのは驚異的です。

ヤマザキ　ホーエンシュタウフェンという神聖ローマ帝国の家柄に生まれた自分と、そんな自らを取り巻く社会の有様を、俯瞰して冷静に観察できていた人なんじゃないかと思っています。十字軍遠征でも、それまでただひたすら戦うだけだった相手と交渉し、エルサレムを無血開城させて、しかも敵側のリーダーをも魅了して協定を結べる人だったのですよ。どれだけカリスマ性があった人だったんだろうかと。

「理解してくれる人」を人は根源的に求める

中野　コミュニケーション能力の高さにも目を瞠るべきものがあります。

ヤマザキ　しかもフェデリーコ2世は、育った環境から多言語スピーカーでもありました。エルサレムではフェデリーコ2世が流暢にアラビア語をしゃべったものだから、イスラム側は「こいつはいつものフランクの奴らと様子が違うぞ」と一目置いたわけです。

次の章で詳しく述べますが、唐に渡った空海にもそれに似たエピソードがありますね。多言語＝視野が広い、寛容、理解が求められる、といった可能性の提示になるからでしょう。

中野 よく、日本語ができれば十分、英語は片言でよい、という人がいますが、自在なコミュニケーションを可能にするためには、それではかなり困難でしょう。

ヤマザキ 結局十字軍の例をとっても、やはり相手側の言語を話すということは、相手側がふだんなら開けても無駄だろうと思い込んでいる引き出しを開かせる鍵になるかと思うのですよ。日本の人も、日本語がペラペラで自分たちの国の理解に努めようと積極的な外国人を、好意的に受け入れるという部分があると思うのですが、自分たちが言語を学んで他国をわかろうとするよりも、自分たちにシンパシーを抱き、積極的に理解しようとしてくれる外国人を優遇する傾向はどこの国にもありますね。

中野 理解してくれる人に好意を抱き、優遇しようとするのは、人間の根源的な欲求なのかなと思います。異文化で育った人どころか身近なところにいるはずの男と女ですらそうで、理解しようと努力する前に、「わかってくれない」と文句を言いますね。

ヤマザキ しかし、フェデリーコ2世や古代ローマ皇帝ハドリアヌスなどは、他者が自分たちを理解するべきではなく、自分たちこそ他者を理解するべき、と捉えている人たちでした。他国の文化を心底からリスペクトできる教養が身についていなければ、おそらくそんな考えにはいたれないと思います。自負と虚栄で固められているような指導者には無理です。

中野　他国の習俗を理解する前に、「あいつらは民度が低い」と大多数の人が言ってしまうのはとても残念です。ただこういった中で「理解する人」が出てくると、これは目立ってその相手からは支持されますね。

ヤマザキ　そう考えるとフェデリーコ2世のようなリーダーは今のような世の中ではなかなか現れにくいと思われます。自分たちこそ世界の規範、自分たちにみんなが従うべき、なんていう驕った偏執的な考えは、さまざまな分野の教養と行動による経験の蓄積がある人には、やっかいで迷惑なものでしかないでしょうから。

中野　そうかもしれません。自分にこそ正義と知性があると強く思い、自らを省みたり更新したりすることの難しい人々は、規範の異なる人たちを受け入れるのに非協力的であるどころか、積極的に理解しようとする人のことをかえって激しく攻撃します。これも「正義中毒」が、互恵関係の持つ豊かな帰結をぶち壊してしまう例ですね。

ヤマザキ　しかし教皇は、逆にイスラムこそ自分たちを理解すべきだという強固な信念があったので、無血開城させたフェデリーコ2世を非難しまくった。「和解なんかしてくれるな！」と。そして、ハドリアヌス帝も元老院から「領地を増やし経済を豊かにする戦争を拒む皇帝なんて軟弱だ、必要ない！」と非難されてました。

中野 韓流スターをかっこいいと言っただけで非国民扱いするネトウヨの人たちのような感じでしょうか……。どこの国籍の人でも、かっこよくて、人々を歌やダンスや演技などで楽しませることができる才能があるなら、それをシンプルに楽しめばいいじゃないと思いますけど。

エンタメは負のエネルギーを浄化する

ヤマザキ フェデリーコ2世の幼いころに母親が亡くなったとき、権力者の教皇に養育を託されてしまったので、嫌だけれど自分の出自という境遇と運命に従わなければならない部分もあったわけです。人はやはり不条理をどれだけ感じてきたかで、その成熟度が変わってくると思うんです。彼のような動乱まみれで何かを信じるという安寧を許されない環境に生まれれば、子どもは無知を極めていくか、成熟するかどちらかしかないんじゃないかと。

中野 養子に出された子のほうが知能が高いというリサーチがあります。ただ、愛着の問題があり、愛着障害を起こすとちょっとやっかいなこともありますね。

ヤマザキ　たとえば、とっさに思いつく例で言うと、スティーブ・ジョブズとレオナルド・ダ・ヴィンチは、ふたりとも私生児でした。ジョブズは養子として育てられ、レオナルドは養子ではないですが直接的な母の愛情は受けず、自分たちが一般的ではない、理不尽な環境に生まれた、ということを子どものころから容赦なく自覚させられてきたわけです。

中野　ふたりとも女性への態度が冷たいのは、その来歴と関係があるのかもしれません。

ヤマザキ　冷酷な側面は、フェデリーコ2世にもありました。自分の息子とは不仲で彼を自殺に追い込んでしまいますし、子どもが生まれると言語発達研究の実験台にしたりもしていた。教皇を敵に回しているフェデリーコ2世に怨恨を抱いていた人も相当数いたでしょうし、フェデリーコ2世も世の中への憎しみを積もらせていたと思うのです。でも、フェデリーコ2世本人はそうした自らの怒りで発生するエネルギーを、戦いや反乱ではなく、文化や教養や芸術へと焚きつけた。

中野　愛着の問題に帰属できるかは別として、アンチ・ソーシャルな側面を持っていたんですね。

ヤマザキ　古代オリンピックは戦争の代償として設けられたイベントですけど、たとえば2020年にアメリカで発生したBLACK LIVES MATTERの暴動も、戦争と同じく怒りのエネルギーがネガティブなかたちとなって現れたものだと見ています。

ところが、フェデリーコ2世が決して安泰とは言えなかったあの時代、不必要に流血の戦いを展開してこなかったのは、彼の持っていた国際文化サロンの力が大きかったのではないかと想像するのです。怒りという感情で溜まったマグマが、知識や教養やパトロネージというかたちで昇華されていたのではないかと。

六代目中村勘九郎さんとお会いしたときに、歌舞伎の演目には不条理な内容が多いので、歌舞伎は怒りの要素でできているというようなことをおっしゃっていたんですが、だから今のようにあらゆる競技会や演劇やコンサートが実施されない状況下では、人々は負のエネルギーをよいかたちで浄化できず、ネットで嫌なことを書き込んだり、暴動というかたちのアグレッシブさにエネルギーを転換させているのではないでしょうか。

中野　まさに祝祭としてのエンタメを、フェデリーコ2世は、はからずも自らプロデュースしていたのですね。

ヤマザキ　このエンタメが機能しない状況というのは、私たちが考えている以上に危機的なことなのです。だからドイツのメルケル首相が、芸術関係者に優先事項として補助金を出したのは高く評価すべき対処だったと思います。メルケル首相は質疑応答でこう語っています。「文化的イベントは、私たちの生活にとってこのうえなく重要なものです。それはコロナ・パンデミックの時代でも同じです。もしかすると私たちは、こうした時代になってやっと、自分たちから失われたものの大切さに気づくようになるのかもしれません。なぜなら、アーティストと観客との相互作用のなかで、自分自身の人生に目を向けるというまったく新しい視点が生まれるからです」（2020年5月9日、河合温美・藤野一夫訳「美術手帖」）

フェデリーコ2世という人を分析してみても、そういった人間の性質や機能が読み取れるような気がしています。

中野　少なくとも江戸の文化は、労働よりも「遊び」を大事にするものであったと言われています。杉浦日向子さんの一連の著作にもありますが、江戸っ子と言えば怠け者の代名詞です。そして、「遊び」というのは、単なる暇つぶしや無駄な時間をすごすことなどではなく、人々が敬意と好意を持って受けとめるかっこいいものであったといいます。その余裕があればこそ、社会的排除の暴走を各人が止めることも叶います。しかし、他者（余所者）を受け入れる余裕も持てないほど「遊び」の失われた社会では、何が起こるかもう恐ろしいほど自明ですよね。

日本人を変質させた歴史のキーワード

ヤマザキ 幕末から明治にかけての西洋化も、こちらから積極的に他国をわかろうとした改革だったわけですが、みながみなそれに同調したわけでもないし、改革推進派の考えについていけない人たちもいた。他者が自分たちを理解してくれるべき、という保守的な考えの人にはむしろ面倒な存在だったわけですよね。まあ、ちょっと唐突すぎた感じはありますし、西洋式な社会構造の導入はいまだに日本に馴染んでいるとも言い難い。

そう考えると、フェデリーコ2世もあの時代には早すぎた人と言われてました。早すぎたというより、古代ローマ式の統治に極端に寄っていた、という見方もありかな、とは思うのですが、何にせよ周りはこの人の先に進んだ考え方についていけないわけです。

象徴的なのが、権力者の権利を制限し、司法・行政に中央集権的性質を与え、役人に対する不敬や賄賂を禁ずるといった法令の編纂である「リベル・アウグスタリス」を発布したことでしょうかね。これはかつてのローマ皇帝たちがすでに施行していたものですが、これによって時間の経過と社会の進化は決してシンクロしないんだ、ということにも気がついたのでしょう。そこが、彼こそがルネサンスの先駆けと捉えられる所以でもあるわけです。

中野　フェデリーコ2世は、民衆のエネルギーを文化を使って新しい時代を築くためのパワーに転換した人なのかもしれませんね。日本では、明治維新後の「富国強兵」というのと、戦後の「追いつけ追い越せ」が、当時は瞠目すべき発展の礎ともなったのですが、一方で、やはり明日の糧にならない、一見無駄に見えてしまう文化や遊びなどの要素を切り捨てる刃にもなってしまったなと思うのです。

２０００年代初頭のネオリベラリズムの台頭も大きかったですね。小泉純一郎さんが音頭をとりました。この時期から、人材の派遣化も加速しました。そして、ネオリベラリズムと呼応するかたちで功利主義の台頭が目立ってきました。面白いことに、排外主義とセットで、です。寛容さ＝無駄、という理解なのかもしれません。現在も、こうした考え方を支持する人も少なくないようです。

ヤマザキ　国民の全体的な心理的傾向を顕在化できる人物が支持されるようになるのか、またはそういう人物が国民をそのような心理に変えていくのか。

中野　すべて、もとをただせば国民なんですけれどね。もしかしたら、民主主義は人類にはまだ早いのかな、と悲観的にもなってしまいます。人間が制度に追いついていない。どうしてもポピュリズム的な要素をコントロールできないんです。

ヤマザキ　思考って疲れるし、エネルギーもいるし。ラクに生きられるなら何でもいいや、ってみんなどこかで思っている、それが人類の実体なんじゃないでしょうか。

中野　現在のアメリカは興味深い例になっていますね。

ヤマザキ　古代ギリシャ人はすでに人間のそんな傾向を見ていて、これじゃいかんぞと感じたソクラテスやプラトンのような思想家や哲学者が時々出てきて、試行錯誤を重ねてきました。あれから二十何世紀を経ているのに、いまだに世界はあれもダメこれもダメとくすぶっているわけですよ。結局、誰かが率先して理想を提言するようなかたちでは成立しないものなのかもしれない。

「悪」の使い道

中野　そしてその誰かは、ソクラテスのように、民衆に殺されてしまうのでしょうか。正しいことを正面から言わないでおくことが、民衆に罪を犯させないためのやさしさだ、と釈尊ならば言いそうです。

ヤマザキ　人間にも、そして人間の社会にも高望みはせず、諦観するしかない。

中野　本当にそうですね。釈尊は人には必ず悪を犯す部分があるのだから、悪を犯させないことが慈悲なんだと説いた慧眼の持ち主でしたね。やはり長いあいだ、多くの人を救う思想を打ち立てた人の知性はすごいなと思ってしまう。同時に、人間の脆弱性にも目を背けなかった。

ヤマザキ　ちょっと穴を開ければ、すぐにそこから悪要素が漏れ出てくる。

中野　悪を正そうというのはさっきの、正しい怒りを歪めてしまうことと近いのではないかという気がします。悪なら悪の使い道があるのかもしれないし。

ヤマザキ　つまりネット批判だったり、暴動だったり戦争だったり。

中野　民主主義は、構成員全部が性善説に則って動き、合理的に賢く判断する、という前提でのみよく機能するという仕組みですよね。やはり完璧なシステムとは言い難いかもしれません。共産主義も、管理者が性善説で動き、24時間365日休みなく合理的に賢く判断する、という前提でならうまくいったかもしれませんが、それは人間には不可能です。どうしたらもっといい仕組みが成立するのかなと、ずっと考えています。正義中毒すらも、うまく使いこなせるような仕組みを。

ヤマザキ　文明が発生してからさまざまな試行錯誤をくり返しているのに、着地点は一向に見えない。それどころか、そんなもの最初からないのかもしれないし。地球上に生息するあらゆる生物の中でも、人間はもしかしたら持って生まれた機能を使いこなせないまま死んでいく未熟生物なんじゃないか、というのが最近の私の考えです。

恐竜の時代の長さを慮れば人間の時代なんてのは本当に短いし、「むかしむかし知能を持った人間という生物がいましたが、いろいろうまく機能できずに滅びてしまいました」なんて宇宙人の授業で扱われるかもしれない。

中野　滅びたらそのときはそのときなのだろうという気もするんですよね……。ただ私たちは今のところ生きていて、できればより苦しくなく生きたい。そういうシンプルなところにあまり立ち返る人がいないのは驚きですが。次世代のためとかなんとか言って、それを錦の御旗に残虐行為をしてきた勢力のなんと多いことか。

ヤマザキ　地球に生息して、大気圏内で生命を全うさせることとの、何がそんなに難しいのかと思いますよ。人間以外の生物も植物も普通に地球とうまく折り合いつけて生きてるのに、なぜに人間だけがこう、しっちゃかめっちゃかなことをしてしまうのか。

中野　そうですね！　より苦しくなく生きるには、戦争という人間同士の殺し合いにおびえないでいられるほうがいいに決まっていますし、生活もある程度までは豊かなほうがいいに決まっています。そして仮に明日の糧を稼げなくとも、悠々と楽しんでひとりひとりの存在を価値あるものだと許される社会のほうがいいに決まっています。なぜ、こんな簡単なことができないのかと……。難しいほうが正しい、と思っている人が多いのですかね。

ヤマザキ　仏教は、生はそもそも苦行であると諭しますから。

中野　不思議ですね。釈尊は苦行を途中でストップし、中道を志してスジャータの粥を食べたのに。

ヤマザキ　わが家の昆虫たちを見ていると、ものすごくシンプルに生まれて子孫を残してシンプルに死んでいきます。知性というものが、本来ならもっとシンプルに生きられたはずの人間に苦をもたらしめたってことかもしれません。

中野　とても面白いです。人間は苦しみたがっているんでしょうか。幸せで何もすることがないと人間はかえって病んでしまうのか……。ドーパミンが出にくくなるからかな。

ヤマザキ　１９９４年ごろ、経済制裁を科されていた時代のキューバにボランティアで行っていたことがあります。時期はちょうどゴルバチョフのペレストロイカのあと、ベルリンの壁が崩壊し、アメリカがキューバに対して非情とも言える経済制裁を科していたときです。
　昼間はサトウキビを刈り、夜は計画停電で真っ暗な家にいても仕方がないから、みんなで外に出て、月明かりの下に集まり、おしゃべりしたり音楽を奏でたり踊ったりしてすごす。

経済がまったく停止状態でも人間ってこんなに愉快に笑って幸せを感じられるもんなんだなと、びっくりしました。食べ物だってろくに手に入らないのに、考えてもどうにもならないから、しゃべって踊って笑う。経済が人間の生き方を縛らなくなるとこうなるのか、と。

中野 キューバ、面白いところですね。それは経済制裁を科されていたことが逆によかったのかもしれないですね。幸福度ランキングで常に上位の北欧の男がさすらいのスナフキンみたいになるのは、なんか、幸せでいることを拒否しているみたいで。

ヤマザキ ホームステイ先のお父さんは当時70代でしたが、キューバ革命経験者でした。革命は1959年なので、バティスタ政権時のキューバの悲惨さを覚えているから、今こうして食べ物がなくてもあのときよりは全然いいと豪語してました。識字率が100%に近く、医療も高水準で人の命はとりあえず保障されている。国民全員質素だけど、ホームレスもいない。

反面、革命後に生まれた世代はキューバの社会体制に息が詰まりそうになっている。テレビをつければそう離れてもいないマイアミのテレビ放送が視聴できてしまう。マクドナルドなんかのコマーシャルを見て耐えられない気持ちになった若者は、みな古タイヤなどなけなしの素材で筏《いかだ》を作ってどんどんフロリダのキーウェストを目指すのだけど、メキシコ湾を漂流してサメに襲われ死んでしまう人も少なくなかった。幸福って何なんだろうと考えさせられました。

「違い」を面白がれる生の美意識

ヤマザキ　フェデリーコ2世のような人間が万能人のたとえのひとりとして後世に残り続けているわけですが、彼のような人はそう簡単には現れない。でもそれは、うまく機能する民主主義が現代の人間に不向きなのと同じく、今の時代にフェデリーコ2世が現れても、世の中を人間の生きやすい状況に持っていけるわけではないのかもしれない。功利主義が台頭するような世の中は彼にとって次元が違う。さっぱりマッチングしなそうに思えます。

中野　なるほど、技術は進歩しても人間そのものはこの数百年あまり生物学的に変化していません。もちろん、フェデリーコ2世のような人も定期的に出てくるとは思います。しかし、どのくらいその人物を世の中が活かせるのかどうかは、未知ですよね。そのときに、この数百年で発達したもの（技術、通信ですかね）が、どの程度寄与するものか？　現時点でのAIの機能は意外と偏見の助長につながってしまうことがわかりましたし。いい方向に寄与するものがあるとしたら、通信や交通の発達で全世界が境目化すること、なのですかね。

ヤマザキ　それぞれの国や国民性を考えると、それはそれで限界がありそうな気もします。

中野　地域によって度合いが変わるかもしれませんね。

ヤマザキ　日本は島国ですが、食文化の点においては、触手をどんどん外へ伸ばして、世界中のあらゆる味覚を堪能できるという特殊性を発揮しましたけどね。

中野　地理条件は大きそうですね。ただそれも「価値ある差異」になるといいんですが。

ヤマザキ　価値ある差異は、その志を持った民衆が集まれば、ありでしょう。

中野　せっかく性能のよいコンピュータがあるので、試算できたらいいですね。流動性、というパラメーターを操作したときに、どれくらい排外主義（集団バイアス）が変化するかを見たいですよね。わりと遺伝的、生理的要素の寄与する部分があるので、ある程度は数理モデルが立てられるはずです。そういうところに技術を活かすといいのかもしれません。せっかく日本には富岳《ふがく》があるのだし、計算機はそうやって使うとより価値的じゃないかと思います。

ヤマザキ　たしかに。そういった統計は人間の脳で俯瞰しても見えないものを提示してくれそうですし。

中野　功利主義の人たちは、そんなことより創薬や経済シミュレーションに使えと言いそうですが。

ヤマザキ　50年後の日本では、そんな解釈を不思議とも思わぬ社会になっているかもしれない。

中野　人類が生き延びることにどれだけの価値があるかしらと考えることもあります。無理に滅ぼそうと思ったりはしないんですけれど。

ヤマザキ　人類がこの地球上でいちばん優れた、選ばれし生き物だという自負は、人間という生き物の中だけの尺度です。こうした人間至上主義に根づいた価値観が民衆の中には当たり前に浸透していますが、蟻やカラスにとってはまったくそんなことどうでもいいということですよ。知性のある生き物が優れている、という解釈がまあ、とことん利己的だなと。われわれこそ地球にとって病原菌みたいな性質を持っているにもかかわらず。

中野　私たちはまるで「優れていないといけない病」に蝕まれているようです。現実には、ウイルスにも勝てていないのに。

ヤマザキ　まずウイルスに勝負を挑むところがね。人間は地球上で絶対に守られねばならない生き物だ、という揺るぎない自負に根づいた考え方によるものでしょう。

中野　戦争宣言ですもんね。

ヤマザキ 蜂という生き物は、生物学的にも群生の生き物としてものすごく優れていると博物学者プリニウスも絶賛していますが、彼らが常に群れているのは、もちろん単体だと大きな雀蜂のような自分たちより強い天敵には勝てないからなんですけど、それだけではなく、昆虫学者によればウイルスからも身を守っているためだとも言われています。群生の遺伝子を残していくうえで、何をどうするべきか彼らは本能に忠実に従い、行動を起こすことができている。知性で余計なことを考えないほうが、延命率は高まるんじゃないですか。

中野 私たちはもっと足下を見ればいいのかもしれないですね。昆虫は繁殖度合いから見ても最も成功した生物群です。バッタの相転移とか見事で、精巧によくできてます。

ヤマザキ 地球上の生物の約6割が昆虫だということを、もっとみんな知ってほしい。とはいえ、遠くない将来、その4割ほどが絶滅するとも言われていますね。昆虫はこれだけ繁栄しても大量絶滅の可能性がある。

中野 そうでしたね。昆虫以外にも、海洋に目を向ければその生態の豊かさに目を瞠ります。それも人間の活動で脅かされているわけですけど。

ヤマザキ 『危険生物』という図鑑があるのですが、そこにヒトという生物も入れたほうがいいんじゃないの、と常々思っています。巻頭ページにどーんと載せてほしい。

ちなみにフェデリーコ2世は家に動物園があって、アフリカからヨーロッパ、中東のあらゆる動物を飼育し、毎日観察していたそうです。それもまた、彼が地球規模でものごとを感じていた万能人だと思わせるバックグラウンドのひとつですね。

中野　それは面白い。生き方の多様性の価値を知っていたのですね。

ヤマザキ　テクノロジーはまったく萌芽していない時代ですが、ある意味高度な文明の進化を凌駕する、いや、または別次元でものを捉える審美眼を持っていたことは確かだなと。

中野　テクノロジーと、こういう慧眼、美意識とでも言いますか。美意識は科学技術とはまったく別ですね。

ヤマザキ　生の美意識ですね。

中野　生の美意識ですね！　現代人は常に「今」こそが人類の文明の頂点と思っていますが、美意識は廃れているのかもしれません。

ヤマザキ　ハドリアヌスやフェデリーコ2世にはあったんですよ。

中野　優れた人にはそれを感じますね。遠く及ばずとも、そういうかっこいい人になりたいものです。

ヤマザキ　この人たちについて語っていると、脳内の老廃物が排出されていく感覚がします。

中野　相手との差異を面白がって受け入れることのできる人。

ヤマザキ　多様性という言葉だと、ちょっとありきたりですね。やはり先述したように、相手に自分を理解してもらうことより、自分が未知の相手を知って理解することに真の充足を覚えられる人、かな。

中野　かっこいいなあ。己が「違う」ことを恐れないからできるんですね。そういう人生を多くの人に楽しんでほしいですね。違うということの恐怖に震えることなく、違うことが価値なのだと。

ヤマザキ　差異はリソースが豊富ですし、何より地球という惑星に生きていることが面白くなるでしょうから。

どれほどアートの力が大切か

中野　アートについてもう少し語り合いたいですね。長澤英俊という彫刻家がいます。シルクロードを辿るという旅をしていて、その行き着く先としてイタリアに定住した人です。美学史的にも面白い人で、イデアを捕捉するのにメディテーションを使うという、かなりニューサイエンス寄りと言いますか、超現代的なことをしています。科学がやっと追いついてきたようなところを恐れずに踏破しようとしたのです。この人の作品がまた言語化するのが難しいくらい素敵なんです。

ヤマザキ　言語に置き換える必要性を感じさせない作品ですね。

中野　言語にならないから彫刻なんだな、ということがよくわかります。造形が言葉の代わりとなり、普遍言語として造形を用いています。

ヤマザキ　人間と自然界どちらにも還元されるような作品ですね。

中野　人間も自然の延長なのだと感じられます。

ヤマザキ　私が学生時代だったか、どこかの屋外彫刻を前に詩人の大岡信さんが「人間の造ったものは自然と溶け込むべきだ、還元されるべきだ」みたいなことをおっしゃっていたのを思い出します。彫刻は絵画と違って屋外に設置できるものですからね。

中野　ああ、よりその感覚が強くなるわけですね。こういうのは境目にいる人がいいものを造るような気がしてなりません。

ヤマザキ　固執した視野だけの人が造るものとは、まあ明らかに違ってくるでしょう。夫の親族（私の姑のおじ）が、やはり造形作家でつい最近亡くなってしまったんですが、この人は地元の土から、屋外にある巨大な窯で造った大きな焼き物のオブジェを、またその場所に設置するんですが、まあ、空間を利用したインスタレーションなんですが、彼はやはり自然と陶芸家である自分との接点みたいなものを、そういうかたちで表し続けてきた人でした。細々しく雑然とした人間社会ではなく、大地と生きていた人というイメージが強く、まさに境目的な感覚の持ち主だったと思います。この人の創作風景は短編ドキュメンタリーとしてヴェネツィア国際映画祭でも紹介されてました。

中野　破壊の競争よりこういう、創造するものでの競争をする世界になるとよいのになあ。創造することができる人、非常に尊敬します。

ヤマザキ　メディチ家の時代のフィレンツェは、創作者たちのバトルの場でもあったわけですが、そのときのコンペティティヴな意識が生み出した凄まじいクオリティのさまざまな作品が、後世のフィレンツェやイタリアの財政を潤す財産となってるわけですからね。少なくともあのときあそこにいた人たちは、人間が本来備え持っている機能を、自在に、そして目一杯活用していたように思います。

中野　集団同士のコンフリクトを衝突を避けつつどう解消するかという課題に、芸術は有効なのかもしれません。

ヤマザキ　たしかに美はさまざまな効果を蓄えています。美の有効性。美の力は侮れません。

中野　もしかして、メルケル首相はそこまで見込んでいたのでしょうか。

ヤマザキ　フリーランスのクリエーターに一刻も早く経済援助をせねばと感じたわけだから、そうなんじゃないですか。彼女は「親愛なる芸術家のみなさん」と語りかけ、どんな困難な状況であろうと多くの市民がみな芸術の体験を待ちわびていること、そして連邦政府の救援をサポートすると伝え、最後に「どれほどあなた方が私たちにとって大切であるかをお伝えすることも支援となりますように」と結んだ。経済的生産性はなくても守るべきものへのリスペクトですね。あの言葉には全世界の芸術家が涙したんじゃないかと思います。

中野　やはり只者ではない人ですね。そこで新しい世界の盟主になろうというわけですね。

自分は自分が大事、相手も自分が大事

ヤマザキ　ネロも、芸術で人々の気持ちを豊かにし、下手な政治力よりもよい国家を築けるはずだとどこかで信じていたんですけどね。あながち馬鹿げた考え方というわけではなかったと思います。

中野 ヒトラーも絵を描いています。真贋は何とも言えませんが、たまにオークションで売りに出ていますね。ただ、本物だったとしても、ちょっと彼の絵は殺風景で、部屋に飾ろうという気にはなりませんでした。指導者が芸術を愛する心を持っていても多様性への視線がどうか、というところが分水嶺なのでしょうか。

「自分は自分が大事」という事実は万人にとって同じだ、と想像できるかどうか。ネロは、「自分は自分が大事、万人にとっても俺が大事」になってしまったんですかね。

ヤマザキ 本人の意思でというより、親や周囲の策略的大人によって、自己礼讃をするように育まれてしまった。

中野 ちょっとのボタンの掛け違えに見えても、もたらした結果は悪い意味で大きかったですね。毒親の影響は大きいとしか。毒親が「お前にとってもお前が大事だよな」と思えていたらよかったのにと思います。でも、後世の人間がこうして学ぶことができるのは貴重です。

ヤマザキ ネロみたいな人物が現れてくれたことは、逆にありがたいとも思えます。漫画で描きながら自省したり、いろいろと考えさせられました。そもそも「自分は自分が大事」というのは、むしろ生命力としては、推奨されるべきことのような気もしますね、自分で自分を慰め、励ませるのだったらそれに越したことはない。自動起き上がりこぼし。

中野　仏典にこういう話がありました。王と王妃が会話していて、人を幸せにするのに自分を犠牲にすることの是非についての議論をしてたか何かで、この王と王妃がなかなか冷静で知的なふたりで、「あなたのためなら死ねるわ」とか安っぽいことは言わないの（笑）。「やはり自分にとっては自分が大事ですよね」とおたがいに言う。それを見て釈尊が、「自分にとって自分は大事、だからこそ相手も自分のことが大事だ」ということを尊重し合うことが大切ということを確かめ合うという。国家の指導者夫妻がこのようであれば、民も幸福ですね。

ヤマザキ　プラトンが「人にはやさしくありなさい、人はみな生きるのが大変なんだから」というようなことを言っていますが、それに通じるものを感じます。要は他者の尊重ですよね。異質であろうと、何であろうと、この世に生きていることをシンプルに認め合う。すべての人間がその姿勢で生きられたならば、「多元的ではあるが全体的ではない政治を考え出そう」というエドガール・モランの提唱も現実になるかもしれません。

第5章

想像してみてほしい　ヤマザキマリ

〝出る杭を打つ〟日本を恋しがるイタリア人の夫

イタリアで学校の教諭をしている夫はこれまで年に2度、休暇のたびに日本を訪れるのが常でしたが、コロナ禍になってからはそれも叶わず、おたがいに会えていない状態が2020年の冬から続いています。日本より厳しい措置がとられているイタリアで、50キロ離れた場所に暮らす両親の家へ行くことも控え、日々引きこもりを強いられている生活にやり場のない鬱憤を溜め込んでいる様子の夫ですが、先日交わした電話での会話でも「日本へ行きたい」とくり返していました。

ヨーロッパや中東の歴史の研究を生業としてきた夫は、日本人である私と結婚をしていながら、日本という国そのものに対しては、それほど強い好奇心を持っているわけではありません。昨今日本を訪れていた多くの外国人観光客に見られるような日本のサブカルへのシンパシーもなく、むしろ私の漫画家という休日返上で向き合わねばならない仕事を快く思っていない人です。なので「日本に来たくなるのはどうして？」と問いただしてみました。すると夫はしばらく黙ってからこう答えました。

「イタリアでは誰もがコロナに平常心を乱され、家族や知人の、見るからに鬱憤を溜め込んでいる表情を見ていると滅入ってしまう。こんな毎日をすごしていると、日本の、周りの人に迷惑をかけないように気を使って生きている、お行儀のよい人たちが懐かしくなるときがあるんだよ」

夫曰く、テレビをつけても、教員同士でリモート会議をしても、誰も彼も強烈な自己主張をぶつけてくるばかりで疲れてしまい、そんなとき、ふと日本の〝世間体〟を意識しながら主張を抑えて生きる人たちを思い出してしまうというのです。

「たとえばテレビのニュース番組ひとつとってみても、イタリアの女性キャスターは斜に構えたポーズに攻撃的な口調だし、知的だけどどこかセクシーな服装も含め実に威圧的だけれど、日本のキャスターはみんな見た目も服装もとっても田舎臭くて素朴だし、番組自体もアグレッシブな報道は少なくて、田舎でこんな作物がとれたとか、そんなほのぼのしたネタが多い。あの独特な雰囲気が恋しくなることがある」

といった夫の発言は、まさに日本のニュース番組を毀誉褒貶するものでした。

〝出る杭を打つ〟という精神衝動は特に日本人に顕著だと言われているようですが、実は夫が指摘していた日本の女性キャスターの服装も、視聴者のリアクションを配慮した結論なのだという話を聞いたことがあります。もし、日本の朝のニュース番組に日焼けした肌にジル・サンダーやマックス・マーラをスマートに着こなす、スタイリッシュで大人の知的色気を纏った女性キャスターが現れでもしたら、全国の時間を持て余している視聴者からクレームが殺到する可能性があると言うのです。

毎日、特に朝のテレビに出るような立場の人は、視聴者に余計な刺激を与える存在であってはいけないし、どんなに知性があっても成熟した色気を匂わせたり、視聴者を威圧するような雰囲気の女性はニュース番組には不必要、と捉えている人が少なくないということなのでしょう。

かくいう私も、かつて北海道のテレビ局の番組で料理を作ったりリポーターをしていた時期がありますが、11年に及ぶイタリアでの留学生活の直後だったこともあり、ヘアスタイルは学生時代と同じくジャニス・ジョプリンのようなもつれた無造作なソバージュで、しかも声は低いし態度も大雑把ですから、日本のテレビ向けとは言い難い私の有様を見て驚いた視聴者がいたのでしょう。間もなく番組のプロデューサーに呼び出されて、髪型を変えてほしいということ、そして黒や紺など暗い色の服装も控えてほしい、と指示されたことがありました。

結局私は髪型を変えることも、子どものころから着なれている暗い色の服を控えることもしませんでしたが、そのうち視聴者の人たちも私のそんな佇まいに慣れていったのか、または諦めたのかクレームが届くことはなくなりました。

たまたま私がイタリアという、家庭でも社会でも自己主張の弱い人間はたちどころに潰されていくような国で揉まれてきたのと、テレビの仕事も子育てのためと弁えて、無理をしてまで続けるつもりはなかったので、プロデューサーや視聴者の批判にさほど翻弄されることなく毅然としていられましたが、あのときもし、自分の居場所は日本にしかなく、日本の環境に何が何でも溶け込みたいという意識がもっと強かったら、おそらくそうした〝世間体〟の圧力によって、自分という人間を視聴者が求めていたような仕様にかたどり直していたかもしれません。

もちろん、中には突出した才能を発揮させることで社会的な成功を収めている人たちだっています。しかし、人々は出る杭的な立場である彼らを、自分たちの抱くイメージを裏切らないという条件つきで認めているところがありますから、少しでもそれに添わないことをしてしまうと、簡単に世間から抹殺されてしまうことになります。

思い知らされた〝世間体〟という日本の戒律

個性や独特な世界観が人としての評価を高めることのできる欧州と、世間が築いたテーゼからはみ出さないように生きてきた人が評価される日本。こうしたそれぞれの国民の個性や価値観の相違の背景には、そういった精神性が育まれるにいたった歴史や地理といった条件が織り込まれているので、どちらがよいとか悪いとかといったことを考えるのはナンセンスですし、そんな比較をする気は私にはありません。

たとえば、西洋や中東では、長い年月宗教が築いた倫理や理性が人々の中で確固たる軸をなしていますが、宗教の拘束がない日本の場合は〝世間体〟という戒律がわれわれの生き方を統制しています。先日、コロナの陽性反応が出たことで「周りに迷惑をかけてしまった」と危惧し、自ら命を絶ってしまった女性がいたことを報道番組で知りました。周囲から非難されることを恐れて、検査が陰性でも田舎の実家へ戻らないようにしている人たちも随分いると聞いています。

下手をするとこの〝世間体〟は、キリスト教やイスラム教やちょっとした社会主義体制よりも、よほど厳しい戒律だと解釈することもできます。無症状だけど陽性判定が出てしまい、周りへ迷惑をかけることを苦に自死した女性がいるとイタリアの家族に話をしたら「なんだって!? そんなことで自殺をするなんて、自分たちには信じられない！」と絶句していましたが、実は日本におけるこうした〝世間体〟の厳しさこそが、他国と比べてコロナの蔓延をいくらか抑制する理由になっている部分も少なからずあるのではないかと、私は見ています。

われわれは、自由と民主主義が許された社会の中で暮らしていると思い込んで日々をすごしています。でも実態は、〝世間体〟という、具体的なかたちになっていないだけの民衆による強烈な統制力と、その時々の流動的な倫理によって形成される正義感によって、思想や行動の自由が容赦なく規制された、窮屈な環境の中に置かれているとも言えるのです。

想像力の欠如がヒトを危険生物化する

イタリアへ戻ることができなくなり、二十数年ぶりで日本での長期滞在を強いられることになった私は、ふだんであればじっくりと考えることもなかったさまざまな問題と向き合う時間が、必然的に増えました。

パンデミックで世界中が同一の問題と向き合う中で、イタリアにいる家族や、アメリカそしてブラジルに暮らす友人たちと時々ＳＮＳなどで接触をすると、国によって感染症の受け止め方も違えば自国に対する不平不満の温度感も違うことを、この機会に強く実感することができています。

感染症が世界的に蔓延し始めた２０２０年の春、日本では他国とのＰＣＲの検査数の圧倒的な差異を巡ってあれこれ議論が飛び交っていました。統計で出てくる被検者数は相変わらず少なく、いつまで経っても他国が感染の現状の指標としている〝陽性率〟という数値もメディアではなかなか取り上げられることがありませんでした。

そんな話を他国の友人やイタリアの家族にすると「ひょっとして、日本では国民に実態がわからないよう情報操作がされているんじゃないの？　オリンピックも開催するつもりなんだよね？」と猜疑心を促す言葉ばかりが戻ってきます。それもたしかにあり得る見解だと思いましたし、テレビでのウイルスの研究者や歴史学者の方との対談でも、日本での検査数の少なさは、もしかするとオリンピック開催への考慮が関係しているのではないかという話題になったこともありました。

3月から4月にかけてイタリアでは急激な感染拡大が深刻化し、死者数があっという間に世界で1位になりました。どうして欧州の中でも、それほど大きな国でもないイタリアがそんな事態に陥ってしまったのか、私は自分が17歳から暮らしてきたこの国の、イタリア人家族をはじめとする国民の日常習慣をあれこれ思い出しました。

まず、その理由としてすぐに頭の中に思い浮かんだのは、イタリアが日本に次ぐ世界第2位の高齢化社会であること。加えて、夫の実家のように3世代同居率が高く、それが家族内感染のリスクを高める十分な要因となっていること。日本人の目からしてみれば濃厚接触としか思えないハグやキスを毎日何人もの人たちと交わしていることや、夫が鼻をかんだハンカチを無造作にポケットに突っ込んでいるという、ふだんなら思い出すこともないようなあらゆる彼らの日常的習慣や行動が次から次へと脳裏をよぎりました。ロンバルディア州など北部イタリアの中小企業が中国と密接なかかわりを持っていることも含め、私はイタリアの家族と交わす電話のやりとりでわかったことや、自分の経験に則した見解を時々メディアでも発言するようになりました。

しばらくしてから「なぜ漫画を生業としている人間に、感染症を語らせるのか」といった私のメディア出演に違和感を抱く視聴者がいることを知りました。「漫画家は漫画だけ描いていればいい」という意見もありました。「感染症については専門家の意見だけ聞きたい」という意見はたしかに正当にも思えますし、私自身、朝の報道番組などでさまざまなコメンテーターたちが持論をぶつけ合っているのを見ると頭が混乱するので、思わずテレビを消してしまうこともあります。漫画家に今の現状の何が説明できるというのだ、という思いを抱く人がいるのもいたしかたありません。

しかし、イタリアで感染が拡大した理由については、感染症の研究をしている専門家がすべてを推察できるのかとなると、それは違うと思うのです。私のように、イタリア人と結婚し、イタリアでの暮らしを長く続けてきたからこそ、国民性や生活習慣の比較によって気がつける、感染防止へのヒントというのもあると思うのです。

ただ、危機感を払拭できない緊張感をともなった日々の中で、人々はメディアを介して発信される他者の意見にしがみつこうと必死になっていますから、イタリア在住のおしゃべりな漫画家よりは、感染症に特化した医師に他国での感染拡大について語ってほしいと思うようになるのもよくわかります。かといって漫画家イコール漫画だけ描いてりゃいい、という短絡的な発想には想像力の不足を感じずにはいられませんでした。人々にとって自分のイメージどおりの言論をなさない者は不安をもたらす一種の裏切りであり、裏切り者には各々の正義意識によるジャッジメントが下されるということなのでしょう。

中野さんとの対談でも触れましたが、ヒトという生き物は、体だけではなくメンタル面もしっかりと鍛えなければ、いとも簡単に生体バランスを欠いた危険生物と化してしまいます。というか、もうとっくの昔から地球にとっては環境を破壊し、同じ種族同士で殺戮をくり返し、他の生物の遺伝子の存続も脅かす、人喰い鮫や猛毒の蛇以上に危険な生物だと思っているので、できることであればこれ以上酷い生き物になってほしくはありません。

メンタル面の訓練としてまず実践すべきことは、想像力を持ち腐れないようにすることです。自分の思っていることを自らの力で言語化せず、メディアから発信される言葉に「そうそう、これが言いたかった」だの、「この人の考えていることは自分と同じ」「思っていたとおり」などと安直に便乗してばかりいては、人の脳は退化の一途を辿ることになるでしょう。ツイッターでの引用リツイートのように、他者の考えや発言に乗っかるほうが責任も回避できますし、異論者から直接攻撃を受けることもないから気楽ではあるでしょう。

イタリアの感染拡大についても、私が述べる憶測よりも専門家の言葉を受け入れたほうがそういった意味では信用という安心を得られるに違いありません。なにせ信頼というものは、信じ込ませたほうが悪いのであって自分に責任は問われないわけですから、とても便利です。しかし、この信頼への依存もまた、想像力の怠惰の表れなのではないかと思うのです。ちなみに中東やイタリアのような国では裏切り行為が発生すると、表面的には同情されても内心では「信じたあんたが悪い」と思われるのが常です。

自分の思いどおりにならないと、たいていの人々は落胆し、失望し、それを怒りにつなげます。それぞれにどんな事情があろうと、とにかく自分が信じている価値観や判断に周りも合わせてもらわないと、たちまち不安に陥ってしまう。自粛警察と呼ばれるようなメンタリティも、そういった心理から生まれているのでしょう。

しかし、人生というものは自分の思いどおりになどなかなかなるものではありません。夫婦や子どもなど家族関係、そして社会の有様も「これは本来こうじゃなきゃいけない、こうあるべきだ」という思い込みや価値観の共有の押しつけは想像力の怠惰であり、臨機応変に自分を救ってくれる可能性を奪い、人生観を狭窄的にしていくばかりです。

パンデミックへの対応にしても「政府はああ言っていた、対策としてはああしてこうする」という発言をそのまま信じて従ったところで、もしもまったく違う展開になってしまった場合、最終的にその責任を負うのは、他者の言葉を信じた自分自身でしかないのです。

先史時代からの、長きにわたる人類と文明の興亡の歴史をちょっとでも辿ってみればわかることですが、想像力の欠如はいつでも人々を野蛮化させ、人間としての全体的な社会組織そのものの崩壊も招き入れかねません。地球という惑星とうまく折り合いをつけて生きていきたいのなら、そういった危機感を、もっと日ごろから当たり前に感じるべきなのです。

人からの評価で自分の存在を自覚する

人間は群生という性質を持った生き物であっても、〝個人〟を自覚する高度な精神性を備えているため、たとえば同じ群生の生物である蜜蜂や羊のように、本能だけでうまく機能する社会を築き上げることはできません。

中でも特徴的なのは、その〝個人〟の自我意識というものが、他者の判断によってかたどられているというところではないでしょうか。たとえば大勢の人々に称賛され続けてきた人には、無意識にしていても貫禄や自信が身につきますが、逆に否定されたり卑下され続けてきたような人々は、自らを蔑むことによって佇まいも萎縮してしまうように思います。

群れの中で生き延びていくには、当然優秀な遺伝子だけを残そうとする力が働きかけるわけですから、そのスクリーニングは各々個人のメンタルによって行われ、不必要と思われる人には過酷なジャッジが下されてしまいます。本能だけで生きている生き物にとって優秀な遺伝子というのは健康や生命力に求められます。ただ、人間の場合はどちらかといえば社会への適応性のほうが優先されてしまうということでしょう。そのジャッジの基準は地域や国民性によっても違ってきますが、海外暮らしの長い私には、日本の群れへの統一条件は他よりも厳しいのではないか、と感じることがあります。

古代ローマ帝政期、いくつもの属州を抱えていた大国がClementia（寛容）を人間の社会にとって必要不可欠な理念として掲げていたのは、メンタルが短絡的かつ些末な判断だけで他者を排除してしまうことによって、群れが脆弱化することを恐れていたからなのかもしれません。

しかし、国境を仕切ることで個々の生活の場を細分化させ、そうした限定的な範囲における群れの強化ばかりに奔走し、自分たちと毛色の違う別の群れや個人を排除したくなってしまう人間にとって、Clementiaは古代ローマ人が考えていた以上に浸透しにくい理念だったと言えそうです。

特に日本に関しては、限定的な範囲における意識上の群れが形成されやすい国のように感じることがありますし、現在のようなパンデミックという特殊な状況下では、細分化された群れの中で、劣勢の分子を探し出そうと躍起になっている人が少なくないように見受けられます。

そんな中、私たちは日々帰属している群れから弾かれないよう日々積極的に周りと同質の価値観を備えていくようになります。今の日本の社会では、基本的に自分が目立ってしまわないよう自我や個性を葬って、そこではじめて精神は安寧を得ることができるわけですが、私にはそうした他者の判断による存在価値の審判と、多様性を許されぬ社会に、ある種の凶暴性が潜んでいるように思えてなりません。ましてやわれわれ日本人は、すべからく言論の自由が許されるはずの、民主主義を謳う国の民であることを思うと、その違和感はなお一層強くなるばかりです。

人を脅かし群れさせる「孤独」の正体

学生時代に初めて読んでから、何か考えが整理されないときに引っ張り出しているのが、対談で触れた思想家であり作家のエリアス・カネッティが書いた『群衆と権力』という本です。カネッティはノーベル賞も受賞していますが、日本における知名度は一般的にはそれほど高くないでしょう。スペイン系ユダヤ人としてブルガリアで生まれ、その後スイスに移り住んでドイツ語で作品を著し、第二次世界大戦勃発直後はイギリスに亡命したという特異な経歴を持った人です。

帰属する場所のない自らの立場を踏まえてなのか、群衆というもののあり方についてはさまざまな思索を残しています。『群衆と権力』は、カネッティのそうした思索がまとめられた代表作と言える書籍です。その冒頭では、まずこうした記述が出てきます。

「人間たちは一緒になって初めて、お互いの隔たりという重荷から、自分たちを解放することができる。そして、この解放こそ、まさしく群衆の内部で起こることなのである。解放が起こっているあいだ、差別はかなぐり捨てられ、すべての人びとが平等だと感じる。人びとのあいだにほとんど隙間がなく、身体と身体が押しあうほどの緊密状態のなかで、めいめいの人間は自他の区別もつかぬほど他人と近くなる。そして、このことによって、軽減の巨大な感情が起こってくる。人間たちが群衆となるのは、誰もが他人より大きな存在でも優れた存在でもなくなるこの幸福な瞬間のためなのである。

しかし、これほど望ましい仕合わせな、解放の瞬間も、それ自身の危険を孕んでいる。その瞬間は、ある幻想に根ざしているのである。〈中略〉

しかし、群衆そのものは崩壊する。群衆はそれに対する予感をもち、それを恐れている。群衆に合流してくる新たな人間たちによって、解放の過程がつづく場合にだけ、群衆は存続することが可能である。群衆の増大のみが、それに属する者たちを、かれらの私的な重荷の下で喘ぐことから守ってくれるのである」

こういった人間社会の構造に組み込まれている、たとえば宗教組織からオーケストラのような文化的集団、世界諸地域の部族から疫病にいたるまでの人間が形成する、あらゆる〝団体〟や〝群れ〟について、カネッティはいくつもの項目に分類してその構造を解析していきます。ただでさえユダヤ人として迫害の対象となり、流浪の民と化していた著者自身が、第二次世界大戦を跨いで積み重ねてきた思索の集大成であるこの作品は、まさに今のこの状況下に読んでおくべき貴重な書籍だと感じています。

「判断と非難」という項目では、人間には何らかの対象物を〝極評〟し、非難を楽しむ性質があるということについて記されています。「この残酷な楽しみには慈悲もなければ慎重さもなく、行為そのものについて熟考されることもない。優れたグループに属する者は劣ったグループを従属させ、卑しめることに自分たちを高める効果がある」といったような意見をカネッティは述べていますが、自分たちの考え方やあり方を正当化するため、自分たちに従わない者を真っ向から否定するという動向に、昨今の日本の人々に芽生えがちな正義意識もこれに当てはまっています。

この本を読んでいると、ヒトという、昆虫や魚類とは生態環境の異なる生物の観察記録を読んでいるような心地になるのですが、エリアス・カネッティがここまで群衆というものについて俯瞰的に捉えることができていたのは、本人がブルガリア人なのかユダヤ人なのか、またはドイツ人なのかイギリス人なのか、あいまいかつ孤立した立場に対し、ぶれない自覚を持っていたからかもしれません。

考えてみれば、群れをなす社会的な生き物は人間の他にも地球上にはたくさん生息しているわけで、彼らは自分たちの子孫存続のために内部で分裂するなど、種族という大きな括りそのものが崩れてしまうようなことは決してしません。

ですが人間はまず、自分たち人類の生きる地球の上に境界線を引っ張って諸国という組織に細分化し、その組織の繁栄のために戦争を起こし、敵国を自分たちの群れに取り込もうという行為を大昔から再現なくくり返しています。さらには、そうして細かく区切られた諸国という小さなテリトリーの中でも分裂が発生し、そしてまたさらにその中の会社や学校、家族や親族といった小規模な組織内部でも分離が起こるという厄介さは、他の群生動物にしてみれば、理解不能なことでしかないでしょう。

同じ種族の中で群れをさらに分離させ、自分たちが帰属する組織の性質や掟の同調を他の組織もしてくれないと気がすまなくなり、戦を起こすというあの心理の根拠はそもそもどこにあるのでしょうか。

古代の戦争から現代の中東での紛争を考えてみても、自分たちの群れこそ人間という種族全体の繁栄にとって理想的だという思念を、何が何でも相手に認めさせたいという強引な承認欲求が根拠になっているのは確かなようです。そして、この承認欲求というものは、どうやら組織が構築されてから発生するものではなく、組織が作られる前から個人的な意識の中に依っているようにも感じられます。

宗教であれ、政治であれ、とある思想に対し、信念や考え方を共有できる個人が寄せ集まり、同調し合い、融合して作り上げられていくのが群れというものです。人々は自分たちの存在の拠りどころであるそうした群れを守ろうと身構え、自分たちの信念を正当化し、その存続のために敵と戦う覚悟を持つ自らに対し、正義という意識を抱きます。ナショナリズムという思想もそうやってかたちをなしていったものでしょう。自分たちの信念を否定されることは、つまりそこに属する個々の人々の存在否定にもなってしまいますから、結束はますます強固なものになる。

というふうに考えると、われわれ人類が生きていくうえでのいちばんの脅威は、孤立と孤独なのかもしれません。SNSの「いいね」が増えるとそこに擬似的な集団が形成され、情報の発信者が安心感を得られるのも、要するにそういうことなのでしょう。

たまに「自分は孤独を愛している」とか「群れるのは嫌いで単独行動が好き」という人もいますが、本当の孤独というのはそうした生き方のスタイルではなく、他者という鏡に自分が映し出されていないと気づいた瞬間でなければ、実感できないものだと思います。生きているにもかかわらず、存在を誰からも認めてもらえない恐怖心が、群れの根幹を成す動機だとすると、種族存続の本能を慮りながら集団を成す椋鳥や鰯や蜜蜂のような生き方は、われわれ人類にとってはなかなか難しいかもしれません。

自他ともに失敗が許せない時代

以前、若い新聞記者の男性からインタビューを受けたとき、昨今の若者は海外への留学や旅行はおろか、そもそも国内旅行に行こうとすらしないという話になりました。そういう記者本人もなかなか国外へ出る勇気が出ないというので、どうしてなのかと尋ねてみたところ、融通のきかない土地へ行って自分のダメさや使えなさと向き合い、自分自身に失望するのが怖いと言うのです。つまり、自分が知りたくない自分とは遭遇したくない、ということなのでしょう。

そういえばバブルのころ、成田離婚という言葉が横行した時期がありました。要するに、日本では頼りがいのあるパートナーが海外に出た途端さっぱり役に立たず、そんな新郎の情けない有様に幻滅した妻から離婚を申し出られるというのが成田離婚の内実らしいのですが、最近の若者が旅に出て自分に幻滅するのが怖いというのも、同じ心理でしょう。冒険をしてみたところで自分のダメさに気がつき、嫌な思いをするくらいなら、行動範囲を狭めるに越したことはない、と考える人はすでに成田離婚が話題になっていたころから増えていたのかもしれません。

1990年代後半、子どもを連れて日本に戻ってきた私が気になったのは、私の幼少期と比べて子どもたちが全体的に大人しくなっていたことでした。オーケストラをリタイアした母が自宅で50人くらいの子どもたちにバイオリンを教えていたので、彼らの様子を見ればその傾向が一目瞭然でした。

それはちょうど学校での差別化を排除し、運動会の徒競走のゴールは全員一緒、学芸会ではみんなが主人公、教師が子どもたちにゲンコツのような体罰を与えようものなら大騒ぎ、という風潮が当たり前になりつつあったあの時期、子どもの授業にPTAが順番で立ち会う、というような態勢をとっていた学校の話も聞いたことがあります。とにかく教員たちがそれまでのように自分たちの解釈や判断で振る舞えなくなったというのが、日本における教育の大きな変化だったと言えるでしょう。

ちなみに私が小中学校に通っていた1970年代から80年代初頭は、学校にはまだ当たり前に個性豊かな教員たちが揃っていましたし、校則が守れない子どもには怒鳴ったり平気でゲンコツを振り下ろすような気の短い教師もいましたが、そういった粗暴な態度をとられたところで「教師としてありえない」「教師のくせに非道」などとは誰も思ってはいませんでした。

時に不条理な理由で怒られることがあったとしても、人間の社会なんていうのは所詮そんなものだということを、教員だってみんな普通にストレスを抱えながら働いている人間なんだということを、ごく自然に学んでいけたのが私たちにとっての学校という社会でした。

しかし現代では、なかなかこうした社会の不条理や歪んだ実態を知らずにすませる教育が推奨されています。無茶な行動をとるような教員もいなければ、荒《すさ》んだ家庭環境が顕在化したような、見るからに極悪風情な不良もいません。健やかに勉強ができるように、そしていじめが発生しないようにという考慮によって、教育環境は〝メンタル無菌室〟のような状態になっている印象があります。しかし、この〝メンタル無菌室〟で育てられた子どもたちは、大人になってから必ずどこかで遭遇する社会の荒波や不条理を乗り越えていくことができるのでしょうか。

どんな食べ物であろうと、しっかり栄養分を吸収して消化できるような頑丈な体のほうが、何が起こるかわからないこの世の中では有利だと思うように、メンタル面でも子どものころからさまざまな社会の歪みや悩みと接していったほうが、大人になってさまざまな問題と向き合うことになっても、その苦境を乗り越えていけるたくましさが養われると思うのです。自分自身がさまざまな痛みや苦しみを経験しなければ、他者を慮れる利他的な配慮もできなくなってしまうでしょうし、想像力が豊かになることもないでしょう。

講演会などでこういう話をすると、子どものいる親御さんたちは「そのとおり」としきりに頷かれるのですが、かといって世間での教育の全体的な風潮に逆らえる勇気まではなかなか出ない、〝世間体〟によるジャッジと孤立化が怖くて、全体傾向の同調圧力に背くことができない、というのが現実のようです。こんな教育への姿勢が変わらない限り、失敗や辛酸をなめてでも海外に行ってみようなどと思い立つ子どもも、そして親も現れないのは当然だと言えるでしょう。

落語の噺の中には、とんでもない失敗をしでかし、人を騙し、騙され、調子に乗っていい気になったり失望したり、予定調和などない社会の中でもがきながらも面白おかしく生きている人物がたくさん登場します。

江戸時代や昭和の人々はこうした人間の、理不尽かつ不条理で、なかなか思いどおりにはならない人生の本質を知ることで、大笑いしながら自分を慰め、励まし、「まあ人間なんてぇのは所詮はこんなもんよ」と開き直ってすごしていたところがあると思うのです。

人間を必要以上に理想化せず、高望みもせず、どんな生き方をしようと、どんな目に遭おうと、人情という寛容性が当たり前に身についていたあの時代の社会には、現代にはない成熟があったように思うのです。

悪徳代官だろうと、狡猾な商人であろうと、貧乏長屋の住民であろうと、置屋の芸者であろうと、懸命になって生きる人々の日常とその滑稽さを、笑いながら知ることのできた落語は、聴衆にとって自分たちの生き様そのものだったとも思うのです。

しかし、負の感情を回避させられながら生きる現代の子どもたちに、こうした古典落語を聞かせてみたところで、いったいどんな反応ができるでしょうか。人間たちが失敗や恥をかきながらもくり広げる世界を、異次元での出来事のように感じてしまう子どももいるのではないでしょうか。

そう考えると、明治維新に始まった日本社会の早急な西洋化が、人々のかっこ悪さやみっともなさを人情という美徳と捉えていた心のゆとりを払拭してしまった、ひとつのきっかけだったような気もします。

敵を味方に変えたフェデリーコ2世と空海の力

よく考えてみれば、正義というものほど、根拠のあいまいなものはありません。正義はそれぞれの土地の固有の倫理観に根づいた中で発生するわけですが、たとえばイスラム圏の倫理とキリスト教圏の倫理が嚙み合わないことは、現在も続く中東の紛争の様子を見ればはっきりとわかります。イスラムの正義はキリスト教には理解できませんし、逆でも同じことです。

2001年の9月にアメリカ同時多発テロが発生したあと、アメリカのブッシュJr.元大統領は敵への反撃を誓う際に「十字軍戦争」という言葉を口に出し、すぐに撤回しました。彼は熱心なクリスチャンでもあるので、イスラム教の集団に対して戦いを挑むという姿勢から「十字軍」などという言葉を思い浮かべてしまったのかもしれませんが、それも、あながち間違っているわけではありません。

西洋諸国と現在のイスラエルやイランを含む中東諸国との確執は、古代ローマ時代から発芽していたものです。十字軍というのは、みなさんもかつて西洋史の授業で習った覚えがぼんやりあるかとは思いますが、今から1000年程前、当時の教皇ウルバヌス2世の呼びかけにより、キリスト教の聖地であるエルサレムの地を取り戻すのを目的として結成された軍事組織です。

実は地中海に面したいくつかのヨーロッパ諸国はそれまでのあいだ、中東や北アフリカ諸国経由で侵攻してきたイスラム勢力の統治下にあり、そういった地域をなんとか取り戻したいとするキリスト教国家との戦いによってイスラムは駆逐されます。

これだけの説明だと、自分たちの土地を守るために外部からの侵略者を追っ払った、それこそ西側の立場による〝正義〟性を感じますが、それ以外にこの戦いの際、キリスト教軍はイスラム側から戦利品として得た財宝や人身売買で経済が潤い、こうしたあざといメリットにも目をつけたことが、十字軍の発足を助長することになったとされています。

　何はともあれ、このときから西側キリスト教諸国と中東のイスラム諸国はおたがいの価値観や倫理観を共有することができぬまま現在にいたっているわけで、西洋化した現代の多くの日本人にとっても、やはりイスラム教のテロリストは自分たちと共通の言語も思想も持たない、異次元の脅威と捉えられているでしょう。

　ところが前にも述べたとおり、今から800年ほど前、十字軍の遠征がまだまだ盛んだったころに神聖ローマ帝国の皇帝だったフェデリーコ2世という人物は、敵を理解していました。彼は君主という立場でありながらも多様で広角な視野を持ち、6ヵ国語を駆使することもできた特異な人格の持ち主だったとされています。19世紀スイスの歴史家ブルクハルトが「王座上最初の近代的人間」という言葉で彼を形容していますが、近代人ですらなかなかこまでの振り幅の人はいません。

　まずこの人は、第6回十字軍として遠征したエルサレムで戦いを交えることなく平和条約を締結させました。しかも敵対国であるはずのエルサレムの王女と結婚し、エルサレムの王位にもつきました。

正義感を持って十字軍を派遣してきた教皇やその取り巻きにとって、この斬新な思想と戦術を持ったフェデリーコ2世は許せない存在となります。嫉妬や妬みもあったのかもしれませんが、何より自分たちの群れの仲間が敵陣の王となったわけですから。それこそそんな顚末は彼らの想像力にとって〝絶対にあってはならない〟ことでした。

そもそも、フェデリーコ2世が育ったシチリアは、もともと地中海文明の交差路としてフェニキアやギリシャ、ローマの植民地となり、その後ビザンツからイスラム、そして北方のノルマンの統治下に置かれたことで、今では考えられないほどの多文化が集結した土地でした。ここで交わされる言語も多種多様ですし、人々もそれぞれの先祖から続く宗教や各々の生活習慣に根づいた暮らしを営んでいました。

好奇心旺盛な子どもだったフェデリーコ2世は、自分の宮中に多様な人種構成による学者や芸術家といった文化人を集めてアカデミックな交流を深めていき、6ヵ国の言語もそんな状況下で身につけていきました。北方の血を引いた赤毛の皇帝が、アラビア語やギリシャ語を流暢にしゃべり、彼らの文化に旺盛な好奇心を発揮している様子は周りの人々を圧倒させたに違いありません。

何度も自分たちの立場を脅かしてくる十字軍に、敵対心しか抱いていないはずのエルサレムの王にとって、アラビア語が流暢なだけではなくアラビア文化にも詳しいうえ、十字軍の長であるはずの教皇とは違った見解を持つグローバルでコスモポリタンなフェデリーコ2世は、さぞかし魅惑的な人物だったはずです。

要するに、フェデリーコ2世という人は、それまでの十字軍を率いるリーダーのように、キリスト教的理念に根づいた一方的な正義感で迫ってはこなかった。それどころか、イスラムの思想や文化のよき理解者でもあったわけです。

フェデリーコ2世がとった対応は、古代ローマ帝国が繁栄していたころ、中枢がとっていたストラテジーとよく似ています。属州として組み込む諸外国にはローマ化を強行することはありませんでしたし、それぞれの土地で信仰されている宗教や神を抑圧することもありませんでした。みな自由に、今までどおりの暮らしを続けてもらいながら、そこにローマ帝国という新しい世界を取り込んでもらえればいい、というやり方です。

われわれ日本人は戦争に負けたからといってアメリカの植民地になったわけではありませんが、自分たちの精神性や生活には確実にアメリカの影響が浸透していきました。帝政ローマの属州にしても、フェデリーコ2世のエルサレム遠征にしても、少なからずそんな様子に近いものがあったのかもしれません。

日本でフェデリーコ2世に値する人物がいるとすれば、時代は少し遡りますが、真言宗の開祖である空海かもしれません。ひとりは皇帝、ひとりは僧、共通点をあげるとフェデリーコ2世はシチリアで、そして空海は中国の長安で、さまざまな属性の人々が共生を果たしている多文化国家のあり方を、身をもって体験してきているということです。彼らは各々の民族には独自の理性や倫理があり、そこから派生する正義もあるけれど、その相違をいちいちぶつけ合っていては都市として、地域として、そして国としての統括が成り立たないということも客観的な視線で学べていたはずです。

語学力についてもふたりは共通しています。空海も彼が乗船していた船が福州に漂着し、海賊の疑惑をかけられて50日間も待機させられていた際に、空海がしたためた嘆願書の筆跡と優れた文章に福州の長官が感動して、すぐに空海を含む乗船員を遣唐使として認め上陸させたという話は有名です。フェデリーコ2世がエルサレムで流暢なアラビア語を駆使し王と接したエピソードにしても、自分の価値観への理解や同意を要求するだけの外交では、地球上に存在するさまざまな共同体が健全に共生できる環境の発展など望めないことが、そんな歴史の記録に示唆されていると思います。

本当の「正義」について考えてみる

いつのことだったか思い出せませんが、夫がぼそりとこんなことを言ったことがありました。

「困ったり苦しんでいる人を、純粋な慈愛をもって助けてあげることができるかどうか、そういう人間がどれだけいるかどうかが人類の文明の尺度になると思う」

何に対してそんな言葉を吐露したのか覚えてはいませんが、その解釈はなかなか胸中に染み入るものがありました。

コロナの影響で私はこの1年、自分にとって三度の食事よりも大切な栄養素となっていたイタリアと日本の往復を含む世界中の都市への旅も制限され、日本という国に留め置かれてしまったことに自分でも想像していなかったほどの精神的苦しみと葛藤を強いられました。

自分にとって、各国を旅することで得られる価値観の差異は、多様な考え方や既成概念を逸脱した発想をもたらしてくれる大きなきっかけとなっていたのに、それが断たれてしまったことで、いつもなら旺盛な創作への意欲も萎えてしまい、仕事になかなか着手できない日も増えました。こんな具合に表現への意欲が消沈するのは、物心がついてからは初めてのことだったかもしれません。

そんな私の様子を危惧したとある友人が「大丈夫。これからはインナートリップで豊かな気持ちになればいい」と、さまざまなジャンルの映画や書籍や音楽を紹介してくれました。今まで場所を移り変わることで意識を逸らしていた仕事などにかかわる周辺整理も、立ちどまったことで対処する気持ちになれたのも、その友人が励ましてくれたおかげだったと思っていますが、その人にとっては困った人がいれば助け舟を出すのがあたり前の行為であり、手助けをしたことで感謝されたい、などという見返り欲求は一抹もありません。正義というのは、他者の苦しみに対し、無意識に手を差し伸べてあげられてこそ、本当の意味を成すものなのではないかということを感じたのでした。

自分が信じている信念に従わない他者を戒めることは、それがたとえ自分にとって、どんなに理想的な宗教的理念や政治思想が根拠になっていようと、所詮は同調への強引な圧力というものでしかなく、正義とは言えません。

2020年、アメリカの大統領選挙の結果に満足がいかなかったトランプ支持者たちにとっては、議事堂で大暴れするのも自分たちの信念を守るための、真っ当な正当行為だったはずです。しかし、あの騒動から垣間見えてくるのは、思想に縛られた想像力の麻痺と、孤独、そして精神の怠惰です。

自分とは意見の分かち合えない人がいたり、自分が正しいと思う行為に背く人がいたら、それを頭ごなしに否定するのではなく、その理由やそういった齟齬を生んだ背景をわかろうとする試みと努力は必要不可欠だと思うのですが、考えることに怠惰な人々は情動に身を委ね、群衆という一体感に陶酔してしまう。人類の歴史とともにあり、途絶える気配もない戦争は、まさにそうした人間の想像力の欠落と精神の怠惰のあらわれなのではないかと思うのです。

自分と分かち合えない意見や思想とぶつかったら、まずはそれを興味深く、面白い現象として受け入れてみればいいのです。

私が昆虫好きな理由は、意思の疎通もできなければ大気圏内の生き物という以外に何も共有するものがない、こうした多様な生物を生み出した地球そのものへの好奇心を楽しめるからです。アメリカ・インディアンのズニ族にとって虹は5色、アフリカのジンバブエやザンビアに暮らすショナ人は3色と解釈しています。そんな彼らに対し虹は7色なのだ、なぜそれがわからないのだと強制するのではなく、世界には5色や3色に見える人たちもいるのだということを、地球上における興味深い実態として受け入れればいいのです。

現在のようなコロナ禍の危機的状況を乗り越えるのに必要なのは、外部からの情報に翻弄されず、冷静に自分の頭でものごとを考えることと、自分と同じ考えを持たない人との相互理解でしょう。知性を怠惰なまま放置しないでください。どうしても周りに自分の考えを納得させないと気がすまないというのであれば、何かそれとはまったく関係のない別のことを考えたり意識を向けるようにしてください。

私がおすすめするのは、どこか広く視野が開けた、なるべくなら都市部よりも自然の多い場所まで出向いて、地球とそこに生きる自分のつながりをシンプルに感じることです。空に向かって思い切り深呼吸をするなど、大気圏内で生きる生物である自分を感じることです。地球という惑星が自分の究極の住処であるという感覚をものにすれば、限定的な範囲の中でしかない些末な揉めごとや悩みも、なかなか思いどおりにならない人生についても、いちいち大騒ぎをしたりするほどのことでもない、と感じることができるはずです。

おわりに

ヤマザキマリ

先日、ヴェネツィア国際映画祭で金獅子賞を受賞した『ノマドランド』という映画を観る機会がありました。リーマンショックのあおりで職も家も失ったひとりの60代女性が古いキャンピングカーに寝泊まりしながら、季節労働者として渡り歩くというのがざっくりした内容ですが、ここに描かれているのは一方的な正義意識を抱き、それに従わない他者を戒めたくなるのと正反対とも言うべき人々の姿です。

主人公の女性は、車上生活者である彼女を心配する家族や友人から「もうそんな放浪はやめて、ここで暮らしなさい」という具合に定住を提案されます。映画の観衆もその展開にいたる場面では、「ああよかった、やっと彼女は幸せになれる」と安堵を覚えるでしょう。なぜなら多くの人が、どんな人間だってひとりきりでは生きていけないし、人生において自分を慮ってくれる誰かの存在は必要で、温かい家族や自分を慕ってくれる人と一緒になれればそれにまさる幸せはない、と捉えているに違いないからです。

ところが主人公は、そのふたつの帰属の誘惑を拒み、結局ひとりきりで車上で生きていくことを望みます。彼女にとっての自由や居心地のよさ、そして幸福は、温かい家族でもなければ自分を慕ってくれる人でもなく、社会的帰属とはかけ離れた孤独の中にあるのだということ、つまり、自由や幸福の価値観は、どんな親しい関係のある人同士の中であっても共有されるわけではない、ということに観衆は気づかされるのです。

主人公を留めおこうとした人たちは良識の持ち主で、正義を振りかざそうなどという意図などまったくありません。ただ、高齢に差しかかったひとりの女性が、車上生活者だという事実は彼らにとって穏やかではなく、そんな特殊な人間の生き方を気の毒だと解釈しています。異質な生き方を認めるよりも、できれば自分たちの考える幸せに、彼女も同意してほしいと考えるわけです。

人間社会という群れを統括するための強力なツールである倫理の捉え方に違いが現れてくると不安になってしまうのは、ごく自然なことだと思います。正義をかざして、自分たちの思いどおりの言動を起こさない人を制したくなるのも、自分たちがまず安心でいたいための衝動とも解釈できるでしょう。

ただ、人間の中にはこの『ノマドランド』の主人公のように、一般的な幸せや安泰を求めない人も存在します。

私自身の生き方もあまり多くの人とは共有できない特殊なものだったので、大勢の中にいるよりは独りでいるほうが気楽だと感じるタイプの人間です。これまでの複雑な人生の過程で学びとってきた私の倫理もまたかなり独特ですが、さまざまな人間社会で構成されている地球上で生きている以上、自分とは相容れない価値観や倫理があれば、それも理解しようと心がけてきました。人間にはさまざまな解釈やさまざまなものごとの捉え方があるのだということを認めさえすれば、今後どんな境遇の中で生きていくうえでも不必要に戸惑ったりはせず、すべてを受け入れ、毅然と前に進んでいくことができるはずなのです。

『ノマドランド』の主人公が、温かい家庭への帰属の誘いを振り切ったあと、荒波押し寄せる殺伐とした断崖へ赴き、雨風の吹きつける中、両手を大きく開いて空を仰ぐというシーンがあります。自由とは消して楽しいものではありません。主人公が佇む断崖と荒波は、まさに自由な人生の形容として見ることもできるでしょう。それでも彼女は、その場所において全身全霊でいのちを謳歌しているような仕草を見せます。

地球という惑星の、大気圏の中で生きているという意味では、どんな動物たちもみな同じ仲間です。正直、群れとして生きていくうえでの安心の基準はそれだけで十分なのではないでしょうか。

ちなみに私の趣味は昆虫の飼育、そして中野女史の趣味はスキューバダイビングです。彼女もまた価値観や考え方の固定化を避け、別環境で生きる生き物たちや世界を認識することで上手にメンタルバランスを調整される方、私にとっては気を使わずに思ったことを何でも話せる稀有な友人のひとりです。ちょっとしたＬＩＮＥ上でのやり取りがこうした奥行きのある対話に発展していったのも、それぞれ違った土壌で生きることを理解するのに、素直な楽しさや充足感があったからだと思うのです。

この対談で交わされている言葉のうちのひとつでも、生きることに難しさを感じたり戸惑いを覚えているあなたにとって、何かの手がかりとなることを心より願っております。

２０２１年　４月

カバー帯写真――― 森 清
ヘアメイク――― ELLI（AIR NOTES）
スタイリスト――― 室井由美子
カバー衣装
ブラウス（右）N.O.R.C　お問い合わせ先　03-3669-5205
ブラウス（左）THE STORE byC'（COCUCA）　お問い合わせ先　03-5459-6392

中野信子

1975年、東京都生まれ。脳科学者、医学博士、認知科学者。東京大学工学部応用化学科卒業。同大学院医学系研究科脳神経医学専攻博士課程修了。フランス国立研究所ニューロスピンに勤務後、帰国。脳や心理学をテーマに、人間社会に生じる事象を科学の視点をとおして明快に解説し、多くの支持を得ている。現在、東日本国際大学特任教授、京都芸術大学客員教授。著書に『サイコパス』(文春新書)、『空気を読む脳』(講談社+α新書)など。

ヤマザキマリ

1967年、東京都生まれ。漫画家、随筆家。東京造形大学客員教授。1984年にイタリアに渡り、国立フィレンツェ・アカデミア美術学院で美術史・油絵を専攻。2010年『テルマエ・ロマエ』で第3回マンガ大賞受賞、第14回手塚治虫文化賞短編賞受賞。平成27年度芸術選奨文部科学大臣新人賞受賞。2017年イタリア共和国星勲章コメンダトーレ受章。著書に『プリニウス』(とり・みき氏との共著、新潮社)、『たちどまって考える』(中公新書ラクレ)など。

講談社+α《プラスアルファ》新書 823-2 C

生《いけ》贄《にえ》探《さが》し

暴走する脳

中《なか》野《の》信《のぶ》子《こ》

ヤマザキマリ

2021年4月20日第1刷発行

発行者――――鈴木章一

発行所――――株式会社 講談社

東京都文京区音羽2-12-21 〒112-8001

電話 編集(03)5395-3522

販売(03)5395-4415

業務(03)5395-3615

デザイン――――鈴木成一デザイン室

カバー印刷――――共同印刷株式会社

印刷――――株式会社新藤慶昌堂

製本――――牧製本印刷株式会社

定価はカバーに表示してあります。

落丁本・乱丁本は購入書店名を明記のうえ、小社業務あてにお送りください。

送料は小社負担にてお取り替えします。なお、この本の内容についてのお問い合わせは第一事業局企画部「+α新書」あてにお願いいたします。
Printed in Japan

ISBN978-4-06-521832-7